AF413714

Aguas de marzo

AGUAS DE MARZO
© 2023, Bruno Jara Ahumada
© Neón, marzo 2023
Neón Ediciones es un sello editorial del grupo ebooks Patagonia
@neonediciones
www.neonediciones.com
San Sebastián 2957, Las Condes, Santiago de Chile

ISBN Edición Impresa: 978-956-9984-26-6
ISBN Edición Digital: 978-956-9984-27-3

Edición: María Paz Rodríguez y Katherine Hoch
Diagramación: Carolina Zúñiga
Obra original portada: Andrés Herrera Valenzuela

Proyecto financiado por el Fondo Nacional de Fomento del Libro y la Lectura, Convocatoria 2023

Aguas de Marzo

BRUNO JARA AHUMADA

ÍNDICE

ENTREACTOS

Durante la presentación, los tres se turnan para referirse al libro a viva voz y recitan fragmentos mirando alternadamente sus apuntes y al público. Articulan cada sílaba y oración con una gracia que envidio. La palabra escurre firme desde sus labios, un hilo sin nudos, aunque templado. Los expositores conversan entre sí, ríen y señalan las coincidencias entre sus puntos de vista. Después reciben aplausos y se dirigen a hablar con el público. Yo estoy en la librería, esperándolos. No los saludo, aunque me muero de ganas. No sabría qué decirles, de qué modo iniciar una conversación. Descarto cualquier estrategia en cuanto establezco contacto visual con uno de ellos. Luego intento acercarme e inventar una brecha entre su discurso y mi habla, una fuga o un intersticio donde incluir mi voz y mi duda. Parezco más un psicópata que un admirador. Quiero decirle que me gustaron todos sus libros, que los he releído varias veces. Pero hay demasiada gente, demasiadas copas de vino y canapés circulando. Dos, tres pasos, no puedo ir más lejos. Se estrecha en algo la distancia, un par de metros, pero el aire se endurece, se entrelaza con otros fluidos y vapores, con el picor de la luz sobre la piel y la opacidad del polvo. Estoy nervioso solo por estar más cerca de ellos. Me parece descabellado, por ejemplo, contarles que yo también escribo. Mendigarles un consejo, jamás. Por eso me alejo, me olvido del lanzamiento, de las palabras sinuosas y el corazón todavía palpitante. Abandono la librería y me vuelco hacia el mutismo. Camino a casa con desánimo, pensando que esta misma escena puede ser un buen inicio para un relato. Antes de llegar al departamento paso al supermercado. Compro pan con lo que me queda en el bolsillo y sigo caminando con hambre, con la guata y la cabeza vacías.

~

Para mí, el mar es todo, preciso. Bruno me escucha como en segundo plano, como si yo fuera una voz en *off* mientras él enfoca la cámara hacia el océano, tomando fotos de las olas que revientan en la orilla y las gaviotas que sobrevuelan nuestras cabezas. No sé si realmente me escucha o no. En el fondo, lo único importante es el mar. Quiero abrazarlo, besarlo aquí, ahora. Hace un mes ni siquiera me gustaba.

Somos un accidente, creo que señala. Solo alcanzo a captar esa palabra: accidente. Y apenas la escucho siento una insoportable mezcla de humillación y rechazo. Bruno se encuentra a mi derecha y habla rápidamente: profundiza sobre los límites de nuestra relación y enuncia una suerte de instructivo para lidiar con el estado de *follamigos*, amigos con ventaja o caseros. Yo solo pienso en cómo escapar de aquí, cómo decirle que no me interesa conocerlo más ni mejor, que fuera del sexo no me atrae en lo absoluto y que no lo admiro. Tengo veintidós años y creo que el amor exige admiración. Tengo veintidós años y no imagino a nadie admirándome.

Al fin, cuando termina con su monólogo, Bruno me mira y pregunta: bueno, ¿y qué opinas? No sé qué decirte, contesto. Entonces repite que no debo enamorarme de él, que deben estar los límites claros. Para mantener este tipo de relaciones, deben existir estrictas líneas fronterizas: no preguntar en exceso, tampoco sentir o fingir demasiado, ser sincero solo con lo superficial, evitar diálogos y situaciones melosas, contentarse con poco, privarse de pronunciar la palabra «nosotros». A ratos se escuchan las olas y niños que juegan lejos. Quiero besarlo con el mar a nuestras espaldas, pero Bruno no suelta la cámara y yo no soy más que una enmudecida voz en *off*.

~

Mastico un pedazo de pan mientras camino por la vereda. Engullo ansioso, con apuro. Al principio, intenté que no se notara el hambre, pero al poco rato me desentendí de la vergüenza y seguí comiendo. Cuando era más chico no me importaba demostrar hambre. El hambre tampoco era entonces algo que pudiera ocultar. En ese minúsculo pueblo donde vivía, los secretos no existían. Durante mi infancia, la vida privada se diluía públicamente entre las olas y los vecinos. La intimidad le pertenecía al pueblo, jamás a uno mismo.

Subo las escaleras hasta el cuarto piso. Antes de entrar a casa, escucho a mis dos compañeros de departamento al otro lado de la puerta. Están conversando con un tercer sujeto a quien no logro identificar. Alcanzo a distinguir algunas palabras: rata, mala onda, cero aporte. En síntesis, me quieren echar. El desconocido los apoya. Justo yo tengo una amiga que necesita una pieza, dice, terrible simpática la mina. Me trago la molestia y voy hasta al tercer piso, sin meter mucho ruido. Desde allí subo nuevamente las escaleras, ahora con torpeza, pisando con fuerza cada escalón y agitando el llavero con insistencia. Para cuando abro la puerta la conversación ya gira en torno a otro asunto. Los saludo al pasar y simulo una sonrisa que se mantiene pegada a mi rostro como una prótesis dental. Me encierro en mi dormitorio y apago la luz. En la tele me topo con *Hey Arnold!,* y la dejo encendida hasta que me duermo. Sueño con imágenes que no retengo, fotografías que me despiertan a las cinco de la mañana y me mantienen insomne. Me acerco a la ventana desde donde espío los departamentos vecinos. Afuera la noche es fría y el cielo está cubierto por densas nubes. Un invierno como cualquier otro.

~

Decidimos salir a caminar por la playa. Se supone que debo hacer de guía turístico: mostrarle las calles donde crecí, el edificio abandonado de la escuela vieja, la iglesia, la caleta nueva, el negocio de mi madre y la feria artesanal. Pero nada de esto se compara con la brisa del mar. Estar sentado frente a la bahía para mí es suficiente. Ya le había advertido a Bruno sobre los pocos panoramas que existen aquí y, sin embargo, me pregunta si eso es todo, si es que no nos queda algo más por conocer. Le propongo ir a caminar rumbo al puente por donde antiguamente pasaba el ferrocarril del norte. Queda allí, a medio camino de la playa, en la desembocadura del río. Caminamos lento, hablando lo suficiente. Él me cuenta de su universidad, sueños y expectativas. Observo su rostro mientras él explica sus planes y le sonrío de vez en cuando, repitiendo ciertas frases para que piense que le presto genuina atención. Pero no es verdad. Sus historias no me interesan, y creo que su universidad es una empresa nefasta y que sus metas son poco prácticas. Por supuesto, no le digo lo que pienso. Es más, finjo tener cierto grado de afinidad con sus intereses. Quizá por eso yo también le hablo de los míos. Me largo a hablar sobre mi futuro. Le cuento que me gustaría escribir y estudiar otra cosa, quizá estética. Odio el diseño, señalo. Bruno me pregunta por qué quiero estudiar estética. Me toma por sorpresa, de manera que me arrimo a lo primero que se me viene a la cabeza. Le digo que me interesa la filosofía y el arte: necesito estudiar para cultivarme. Él ríe, no habla, pero ríe. Una risa amable, en todo caso. ¿A ver, pero qué entiendes tú por filosofía?, pregunta después. Dejo pasar un minuto en silencio sin saber qué responder.

Es verdad, no sé cómo definir la filosofía. Es una especie de tautología que estudia el pensamiento y el saber, la reflexión de una reflexión, improviso. Apenas me callo, la mueca que Bruno articula en su cara se convierte en un reflejo idiota de mi propia estupidez. Es curioso que quieras estudiar filosofía y no sepas qué es, dice. Lo miro con desprecio y, en silencio, recuerdo mis clases de filosofía en el colegio: aquella vez cuando la profesora me llamó mariposón delante de todos, por levantar la mano amaneradamente. Recuerdo haber intentando inútilmente detener el llanto. Quiero comentárselo a Bruno, no sé por qué, pero él ya está lejos, en el mar. Toca con los pies descalzos el agua que humedece la arena en la orilla. ¿Tú entras?, pregunta. No, contesto, nunca me meto al mar.

~

Al día siguiente, hace aún más frío que la noche anterior. Mis compañeros de departamento salieron temprano. Según la nota que dejaron pegada sobre el refrigerador, se fueron por el fin de semana.

Agradezco esos momentos de soledad y deambulo por el departamento disfrutando hasta que me detengo frente al librero del comedor. Entonces lo recuerdo. Tomo de la repisa un libro al azar y hojeo las primas páginas. Es una novela, la escribió el más alto de los tres autores que vi ayer, a quien no me atreví a saludar. Preparo un café cargado y procedo a recolectar mis instrumentos de lectura: *post-it* de diferentes tamaños y colores, portaminas 0,5, goma de borrar y distintos marcapáginas. Avanzo sin apuro, línea a línea, con atención. Cada tanto, subrayo frases sueltas, también realizo anotaciones al margen y transcribo algunas citas en mi notebook. De este modo, poco a poco, voy convirtiendo el libro en un atado de rayas titubeantes, hojas dobladas y signos ilegibles garabateados a la rápida. Quiero que cuando él tenga esta novela, cuando venga finalmente a recogerla como dijo que vendría, me conozca indirectamente a través de mis apuntes.

Son las dos de la tarde y todavía no se me ocurre qué almorzar. Dentro del refrigerador apenas encuentro una manzana oxidada y a medio morder. Preferiría estar tomando una cerveza o fumando un pito. La ansiedad hace mierda mi guata. Vigilo la hora decepcionado por su retraso. Dijo que estaría aquí a la una. Que sí o sí pasaría por los libros a esa hora y que por favor lo esperara. Pero aún no llega, son las tres de la tarde y sospecho que ya no vendrá. Me conecto a Facebook y no lo encuentro en línea. Pienso en llamarlo, pero no quiero parecer arrastrado. Mientras tanto, me distraigo con las fotos y los comentarios que veo en los muros de mis contactos. Iván está conectado y lo invito a casa. Necesito hablar de cualquier cosa, con cualquier persona. Hacer algo que me distraiga del reloj de pared que tengo al frente, amenazándome.

~

Después de llegar al puente, nos devolvemos a paso ligero en contra del viento costero. Pasamos a comprar a la única botillería del pueblo. Hace frío, estoy cansado y exhausto. Salimos de ahí con cuatro botellas de vino y ya en casa nos sentamos a beber y escuchar la música que él elige. Nos situamos frente a frente, cada uno en sillones distintos, conversando con la tentativa de relacionarnos de un modo menos instrumental. Antes de todo esto, éramos amigos, antes de todo esto jamás habría pensado en traerlo a mi playa, mi tierra, mi casa.

Me habla de sus pololos, de sus muchos pololos, de cómo terminaron y por qué. Sin darse cuenta me revela un patrón: hombres mayores de la misma estatura. Se lo hago saber. Le digo que tal vez está buscando una imagen demasiado sobreprotectora. No recuerdo cuál fue su respuesta, no importa. Lo importante viene después, cuando inevitablemente llegamos a ese tema incómodo del cual no queríamos hablar, pero que sin embargo estaba latente, como un punzante dolor de cabeza. ¿Qué va a pasar cuando Jara regrese?, le pregunto. Esta vez nervioso, distante, él ríe. No sé, no sé nada, dice. La estamos pasando bien, ¿o no? Y además yo no te gusto, tú no me gustas. Lo que pase con Jara es enrollarse mucho. Tiene razón, es enrollarse más que la cresta. Tiene razón: no me gusta, no le gusto. A él le gusta Jara: el gay alto y cotizado. Detesto a Jara por quitarme la posibilidad de explorar si hay algo más allá de esta situación ambigua.

No sabemos cómo continuar. Él intenta acercarse y lo logra. Hombro contra hombro, muslo contra muslo, estamos pegados. A nuestras espaldas suena el crujido del mar. Le digo lo primero que pienso: todo esto es una especie de entreacto mientras Jara regresa, ¿cierto? Milimétricamente, él toma distancia de mí, pero ese alejamiento tan sutil es lo suficientemente elocuente como para predecir lo que vendría después: una lejanía inminente, donde cada uno conforma una geometría que no se cruza ni se entremezcla. Al final no responde, o lo hace a medias, evadiéndome. Porque en el fondo soy yo el responsable de este drama innecesario, soy yo quien invocó el arrebato, quien intentó correr el telón. Terminó su escena. Es mi turno de hablar.

~

Son las diez de la noche. Iván viene cargado con dos bolsas plásticas: trae un botellón de vino tinto y naranjas. Supongo que tienes canela, me dice. Lo abrazo y lo hago pasar. Mientras el vino se calienta, hilvanamos conversaciones que giran en torno a la universidad, los deberes, su hija, nuestros amigos. El aroma del vino navegado perfuma la casa entera. Cuando está lo suficientemente tibio, le lleno una taza de Homero Simpson y yo me quedo con la de Hello Kitty. Hoy iba a venir mi padre, le digo, venía a recoger unos libros. Una excusa, obviamente, porque mi papá nunca fue de leer. Es medio bruto. Pero insistió varias veces, hasta que le dije ya, bueno, ven a buscarlos hoy. Y no llegó. Iván me observa sin sorpresa y lo comprendo, comprendo su falta de impresión. No nos conocemos demasiado, a pesar del cariño. Quizá es necesario que te cuente las cosas desde el principio, añado, aunque es medio largo. Con la taza entre las manos y los labios levemente pintados de violeta, Iván sonríe. Tenemos todo el tiempo del mundo, dice.

~

Siempre me llamó la atención aquella necesidad casi ineludible de exponer el repertorio amoroso y rememorar a las personas que alguna vez parecieron importantes, cuáles fueron sus implicancias, de qué forma dejaron huella. El proceso maquinal de evidenciar el registro de lo que ni el cuerpo ni las miradas revelan. Supongo que marcas de ese tipo son mucho más profundas. Pero él me lo pregunta y debo responder.

Le explico que estoy soltero desde hace tres años y que solo he tenido dos pololos oficiales. El último estudiaba cine y lo encontraba torpe. Me gustaba, ahora que lo pienso, únicamente por eso. Porque era torpe y estudiaba cine. El primer pololo fue a los diecisiete. Nos llevábamos mal, pero nos queríamos, teníamos una suerte de relación insecticida. Cuando terminamos, tragué siete cajas de pastillas que me dejaron en coma durante dos meses. Sobreviví por la intervención de varias maniobras médicas. Tras los años seguí viéndolo, pero desde entonces nunca más volvimos a hablar de manera sana. Me sería extraño estar a su lado sin al menos sentir un leve rechazo. En definitiva, pienso que hay cosas que no deberían forzarse.

Las pupilas de Bruno se ensanchan mientras escucha mi relato. Siento que su mirada se torna ciega, tal como se tiñe de indiferencia todo par de ojos al enfrentar lo que les resulta ajeno. Me dice algo muy absurdo, pero le digo que no se preocupe, que no es para tanto. Pero me interrumpe. Con una cotidianidad absoluta me confiesa que tuvo una hermana que se suicidó hace algunos años y que intentarlo, más de alguna vez, se le pasó por la cabeza. No sé qué decirle. Tampoco sé si creerle. Quizá él tampoco me cree. Tal vez nadie le cree nada a nadie.

Estamos pegados nuevamente. Siento su cuerpo tibio contrastado con el frío de la costa, del mar que se escapa mucho más allá de la ventana. Quiero besarlo y lo hago. Disfruto el sabor del vino entre su lengua y la mía. Disfruto del relato fatalista que nos une. Volver a Santiago y que nada sea igual, que él regrese con Jara y yo me quede colgado. Le digo que vayamos a la pieza. Quiero penetrarlo. Quiero que me penetre. No importa el orden. No nos preocupamos por apagar las luces. Nuestros cuerpos se mezclan en una masa informe que tiene todo menos amor. Todo menos afecto.

~

No sé qué le pasa a mi papá, le digo. Quizá sabe que se va a morir pronto y por eso se acerca ahora. Volvió como si nada después de cinco años. Volvió a jugárselas. A decir: hola, soy tu papá. Pero para mi la ausencia no se perdona, la crueldad tampoco. Y esto vale para los dos: ambos hemos sido crueles. Tenía diecisiete años cuando dejé de hablarle. Intenté suicidarme. Yo vivía con mi abuela mientras mi padre y su novia vivían en otra casa, a treinta minutos de distancia. Fue mi abuela quien me descubrió botado con un hálito nauseabundo junto a las tabletas. Fue ella quien marcó el teléfono desesperada. Mi padre y su novia llegaron incrédulos a verme, casi a regañadientes. Después de reiteradas discusiones telefónicas, según me informaron, fueron ellos quienes me pusieron el pijama semiconsciente y me dieron a la fuerza un vaso de leche. Se trataba de un remedio casero que la novia de mi padre no se molestó en aplicar. Mi madre me contó que luego me dejaron en la cama. Dijo que por eso las cosas se complicaron. De ahí la neumonía, el paro respiratorio, la diálisis, el respirador mecánico. Estuve en coma durante dos meses. Al salir de la clínica, debía ser vigilado por un adulto. Mi abuela, traumatizada por los eventos, ya no podía hacerse cargo. Entonces me mudé con mi padre y su novia. Su casa me pareció igual de insana, o peor quizá, que la sombría casona de mi abuela.

Alcanzamos a vivir juntos solo cinco días. No recuerdo el porqué de la pelea. Pero tengo memoria de los golpes. Recuerdo el sonido de las cachetadas que ella me daba, el quejido de mi padre cuando soltó el primer combo. Me golpeaba para separarnos. Me golpeaba y lloraba, mientras ella gritaba y arrojaba manotazos al aire. Maricón, chillaba ella. Pégale huevón, defiéndeme de tu hijo maraco, le gritaba a mi padre, que se esforzaba por obedecerla. Recuerdo las maletas y recuerdo a mi padre decir: te vamos a dejar cagando donde tu mamá, que ella se haga cargo de ti ahora. Recuerdo ir en el asiento trasero del auto mientras ella me insultaba. Recuerdo que al día siguiente fui al tribunal. Recuerdo que después de la demanda prometí jamás volver a verlos. Recuerdo que nunca más quise saber de esa familia.

~

El sol atraviesa el vidrio refractando finos haces de luz que tropiezan con mi frente. Reviso mi *mail* en busca de noticias sobre la corrección: la bandeja de entrada está en cero. Paso a chequear el pronóstico del tiempo de la ciudad solo por ocio. Abrigos y chaquetas. Acá, trajes de baño y bloqueador solar, cálidos destellos que rebotan sobre el mar. Me quedo pegado en esa imagen: las olas disipando un manto de luz que se despliega hacia todas partes.

Él sigue durmiendo. No quiero despertarlo. Quiero tener este momento para mí. Me siento a programar las etapas. A fin de cuentas, vine a eso, a terminar el anteproyecto de grado para mi licenciatura en diseño gráfico. Pero me doy infinitas vueltas antes de abrir el documento. Ni siquiera he escrito un párrafo coherente. Bruno se despierta vistiendo apenas un chaleco. Me da risa esa falta de pudor, me resulta tan lejana.

Son las cuatro de la tarde. Almorzamos unos fideos con huevo que Bruno prepara mientras yo rearmo el marco teórico. No avanzo mucho. Bruno me mira como queriendo retarme. Lo hace, me dice: ¡trabaja mierda! Y sonríe con ironía. No le presto atención. Quiero distanciarme de él, mirarlo como un cuerpo que habla, una boca que come, un pulmón que respira. Debo deshumanizarlo, desmembrarlo en muchas partes y olvidarme que vive, que piensa, que siente.

Son las seis y media, y estamos caminando con rumbo a ninguna parte. Hablamos de lo curioso que es esto. Él dice que a este lugar no le falta nada, que es perfectamente romántico: el mar, el silencio, el pueblo, el viento, el atardecer. Luego insiste en revivir la primera vez que nos acostamos. Confieso que yo no lo estaba buscando, bajo ningún motivo. A él nunca lo vi como un pretendiente. Le digo que lo encuentro guapo, que me gustan sus hombros pecosos, sus manos huesudas. Subrayo que siempre intenté ser su amigo. Que esa vez pasó lo que pasó sin haber estado demasiado consciente. Tengo problemas con el alcohol, le digo riendo. Estábamos calientes y sería, finalizó. Él ríe. Tiene la estúpida costumbre de reír con frecuencia. En una persecución incesante del pasado, recordamos los hechos: esa vez en su casa, nosotros dos y sus amigos. Comparto con ellos, intento sumarme al grupo. Se hace tarde. Los amigos se van. Me ofrece alojamiento. Acepto. Me pongo su pijama. Me apoyo sobre su almohada. Se acuesta a mi lado. Dormimos solo un par de horas. Despierto con su brazo sobre mi pecho. Lo estoy abrazando. Me está abrazando. Nos cruzamos. La respiración se agita. Nos besamos. Allá afuera la noche muere. Allá afuera el cielo se vuelve transparente. Estoy caliente. También nervioso. Estar nervioso me pone más nervioso. Me mira. Lo miro. Su lengua se pierde en mi garganta. Sus manos revuelven las sábanas y arañan mi piel con determinación. Ahora recorro su cuerpo desdibujando su contorno con una línea de sudor y saliva. Me pregunta si soy pasivo o activo. Su voz es liviana y quejumbrosa, interrumpida por el espesor de la atmósfera. No le respondo. Nunca sé qué responder. Le digo que me da igual, revelando implícitamente mis ganas de ser penetrado. Lo hace, lo disfruto.

Acabamos. Su orgasmo es sonoro y prolongado. El mío es silencioso, mezquino. Encuentro extraño nuestro sexo. Extraño porque me gusta. Extraño porque casi siempre el sexo me incomoda. Pero ahora no, ahora es natural.

~

Con la historia me demoro menos de lo que pensaba. No le cuento los detalles escabrosos. Iván me mira. Siento que he hablado demasiado y me incomoda. Me molesta hablar tanto sobre mí. Me molesta no ser quien escucha. Hace dos semanas me mandó un mensaje por Facebook, continúo. Me escribió un largo testamento que empezaba con «querido hijo» y terminaba en un «ojalá puedas perdonarme». No supe cómo reaccionar. No sabía si negarme o no al reencuentro. Una vocación por la redención tan sorpresiva que nacía de la nada, tan innecesaria. Pero le escribí de vuelta. Le dije que podía pasar a mi casa. A mi departamento compartido. Aquél que pago con la pensión que el juez le obligó pagar mes a mes. Pero se negó. Me contestó que era yo quien debía ir a su hogar, donde su novia, esa que ahora es su mujer. Que allí estaríamos más cómodos y podríamos hablar los tres, sanar las heridas y esclarecer el pasado incluyendo a la única persona que realmente ha estado a su lado. Lo mandé a la cresta. Le dije que lo único realmente inadmisible de aquella reunión sería lidiar con su mujer.

Mencionó entre líneas un «te quiero» que hasta ahora me corroe la garganta. No quise seguir leyendo el mensaje. Me dio vergüenza. Lo encontré muy armado. Aún así le respondí exclusivamente para que le doliera: te recuerdo como a los compañeros de colegio, esos que nunca volvemos a ver. No me contestó de inmediato. Sin embargo, hace un par de días, escribió de nuevo. Quiso que le recomendara libros. Intenta acercarse desde donde sabe que puede agarrarme. Dijo que pasaría a la una, dijo que lo esperara y, por favor, no te vayas, que no me demoro, te lo juro. Pero no vino. Me envió otro testamento a modo de excusa, contándome sobre sus complicaciones, los motivos de su inasistencia.

Son las doce de la noche. El vino adquiere un sabor cada vez más intenso. Iván es padre. Iván quiso ser padre. Lo planeó. Lo anticipó junto a la madre de quien hoy tiene dos años: Matilde, su hija. La concibieron juntos pensando en un futuro donde padre, madre e hija no distaran en edad. Querían compartir con ella su vida siendo jóvenes. Luego vino el quiebre, las complicaciones que surgen en la vida para que valga la pena vivirla. De eso hablamos ahora.

La Caro me recrimina que no estoy presente, que soy un mal papá y que me estoy perdiendo la oportunidad de ver crecer a la Mati. Eso dice y me muestra los mensajes de texto. Le contesto que la manipulación es obvia, que algo debe estar planeando. No creo en la inocencia. No creo que hable por su hija. Habla por ella.

No me siento padre en estos momentos, puede sonar muy feo decirlo. Puede ser que cualquiera piense que soy lo que la Caro dice: un mal padre. Pero no es verdad. Si no estoy tanto con la Mati es porque no puedo nomás. Porque mi familia está encima todo el rato, porque aún no termino la U y porque todavía no puedo darle a la Mati lo que corresponde. Quiero estar con ella, pero estar bien. Quiero que vivamos juntos en una casa propia, tener independencia, ser un buen padre. Ser un padre propiamente tal. Ahora la Mati está con la Caro, vive con la familia de ella. Está siendo criada por los abuelos. Porque la Caro también necesita lo mismo que yo. Algo parecido a la estabilidad. Lo necesita para comenzar a ser madre. Ella lo sabe, al menos actúa como si lo supiera. No ayudan estas recriminaciones. Puede juzgar, se lo permito. Puede pensar lo que quiera. Pero no puedo evitar que me duela. Que no se tome la molestia de entenderme o de preguntarme. Hablar entre nosotros siempre fue un tema. Podemos compartir las cosas cotidianas, ser amigos. Hablar de casi todo. Pero cuando tenemos que conversar sobre lo importante, cuando debemos optar entre decirnos las cosas a la cara o seguir con las recriminaciones, ahí es cuando empiezan los problemas. Allí la conversación caga, comenta Iván mientras me sirve otra taza de vino

Escucho con atención la historia que Iván me cuenta. La reescribo en mi memoria adaptándola a mi propio estilo, intentando emular su voz. Estoy sentado a su izquierda y escucho el relato mientras tragamos los últimos vestigios que quedan del vino. Me gusta volver a mi sitio. Me gusta convertirme en espectador otra vez.

~

Caminamos por las rocas y las laderas más recónditas del pueblo. El viento nos obliga a abrigarnos y a caminar con el estómago y los músculos apretados. Ahora estamos arriba de una roca inmensa. Contemplamos el atardecer mientras la corriente entrecorta las escasas palabras que soltamos. El cielo es color naranja, magenta y cobrizo. La brisa del mar nos golpea en la cara. El contexto no puede ser más romántico, pero siento náuseas. Hay una línea imaginaria que no estamos dispuestos a cruzar. Pero él se acerca, la atraviesa. Lo siento, no podía desperdiciar este momento. Así se disculpa cuando se desprende de mi boca.

Volvemos a casa. Quiero fumar marihuana y tomar cerveza. Bruno también. Llamo a la única amiga que conservo en el pueblo a quien confío la compra. Nos juntamos. La reunión no dura más de diez minutos. Le compro un pequeño paquete. Vuelvo a casa. Le digo a Bruno que arme el pito. Mis manos son muy torpes para eso.

Primero escucho el sonido del papel quemándose. Quiero fumarlo completo. Quiero saberme desinhibido durante la mayor cantidad de tiempo posible. Ponemos una película que he visto varias veces y nos sentamos frente a la pantalla del computador. Pero no entiendo. La película me da risa. Estar callado me da risa. No soporto este silencio. Me paro entremedio de la película. Meto ruido. Prendo la luz de la cocina buscando limones. Quiero una michelada. Las logro hacer solo después de un gran ejercicio de concentración. Me río porque no puedo disimular. Bruno me mira, también riéndose. ¿Qué te pasa, enfermo?, pregunta. No le puedo contestar, no me sale la voz. Me río. Me río hasta que el dolor de la risa es insoportable. Pienso que no debería fumar estando con alguien. Pienso que si esto fuese una primera cita, jamás habría una segunda.

Regreso al sillón donde estábamos. Tomamos muy rápido las micheladas y apretamos *play*. No quiero ver la película, pero la veo igual. La risa me dejó agotado. Extiendo mis brazos por detrás de la espalda de Bruno. Mientras lo abrazo, él apenas se deja tocar como por inercia. Soy puro arrepentimiento cuando su cabeza se apoya en mi antebrazo, cortándome la circulación. Ya siento hormiguitas en el músculo. Me descubro adicto a la instancia física, adicto a la complicidad. Pero no tenemos esa intimidad. Debo mesurar los movimientos para no significar algo más. Reflexiono sobre el listado autoritario de condiciones que Bruno me indicó el primer día. Ojalá nunca hubiese pasado, concluyo. Ahora no puedo volver atrás. No puedo sustraerme de la adicción al cuerpo, al cariño, al contacto. La ambición oculta por querer tenerlo, poseerlo, adiestrarlo.

~

El relato de Iván me transporta. Evoca ilusiones ópticas que se implantan en mi retina y también detrás de ella, en la proyección inmediata de mis recuerdos. Veo a mis padres y sus peleas constantes desde mis ojos de ocho años. Veo a mis padres separados. Veo a mi padre viviendo en Santiago. Veo a mi madre viviendo junto a mí, en una casa situada a treinta pasos del mar. La casa que mi padre construyó hace tantos años, ubicada en el pueblo donde ella creció, donde posiblemente también morirá. Escucho el rumor de los insultos. Escucho el odio que se hace presente en ambas partes. Mi padre odia a mi madre. Mi madre odia a mi padre. Yo cargo con ese odio como quien recibe una bomba a punto de estallar. Tengo nueve años y asisto al colegio del pueblo. Debo ir por obligación, me es necesario estar ahí todos los días, aunque no quiera. Lo necesito para recibir los almuerzos que entrega el gobierno. Pero también voy para alejarme de casa. Quiero cerrar los ojos y fingir que ignoro cuán mal estamos, cuánto dinero nos falta, lo poco que aporta mi padre, lo mucho que le cuesta a mi madre pedir ayuda. Engullo con desinterés el arroz pegoteado que sirven en la escuela. Recuerdo cuando mi madre estaba bien. Cuando me mandaba colaciones que se esmeraba en preparar, cuando mezclaba vegetales y legumbres en mi plato para que a futuro no fuese mañoso. Para que de grande comiera de todo. Veo las sombras de una mujer hundida en un agujero negro. Veo las colillas de cigarro esparcidas por el suelo sucio de mi casa. Tengo diez años. Mi madre está presa. Los cheques del negocio fueron protestados. Mi padre viene a cuidarme entretanto y no sé por qué. No sé porqué aparece después de dos años como si nada. Creo que lo quiero. Lo quiero porque no lo conozco. Lo quiero porque me resulta tan fascinante como Superman, un hombre con identidad secreta, un extraterrestre, un espía. Mi madre sale de la cárcel. Alcanza a estar dos noches. Mi madre se indigna al ver a mi padre en la casa, cuidándome. Mi padre se va sin despedirse. Antes de cerrar la puerta desafía a mi madre con desprecio. La mira atentamente, vertiendo todo su rencor. Nunca sabré porqué se odian tanto. Nunca sabré si me corresponde indagar en ese tema. Tengo quince años. Vivo en Santiago, en la casa de mi abuela. Mi padre tiene miedo de que yo sea fleto. Mi padre tiene miedo de que el porno homosexual que encontró en el computador sea mío y no un virus, como le dije. Tengo doce años. Es la última temporada que pasaré viviendo con mi madre. Tenemos dinero. No podemos darnos grandes gustos, pero ahora hay algo más que margarina en el refrigerador. Dentro de unos meses ingresaré a un colegio de Santiago. Pronto dejaré por siempre esa playa. Viviré con el padre que no conozco. Viviré con el padre que admiro. Veo el mar por última vez antes de tomar el bus y sospecho que será lo que más extrañaré. Tengo once años. Escucho a mi madre follar con desconocidos a través de la pared. Tengo dieciséis años. Escucho a mi padre follar con quien será su novia, quien me perseguirá hasta el cansancio, quien controlará mis gastos, mis salidas, mis gustos. La veo registrando mis archivos del computador. Le digo puta. Le digo maraca. Luego siento sus golpes. Huelo la sangre que débilmente se escurre desde mi nariz. Tengo diecisiete años. Veo los semáforos de las calles mientras me llevan donde mi madre, hacia el mar. Veo el asfalto prolongarse por toda la ciudad mientras me acaricio las muñecas. Siento los insultos de la novia de mi padre como bolas de color inaudibles que se confunden con las luces de la ciudad. Es el once de agosto. Saboreo las pastillas en mi boca, las trago con facilidad. Es el cinco de agosto. Escucho a mi pololo patearme. Es el seis de agosto. Persigo a mi ex hasta su casa. Lo amenazo con contarle a su familia. Lo amenazo con sacarlo del closet. Me cierra la puerta en la cara. Es el diez de agosto. No tengo dinero para comprar las pastillas. Le pido prestado dinero a mi abuela, le aseguro que se lo devolveré en cuanto mi padre me pase plata. Camino a las diez de la noche por avenida Las Condes. Camino hasta llegar a una farmacia y compro siete cajas de ibuprofeno que trago en mi pieza, con una botella de pisco y la puerta cerrada. Tengo veintidós años. Veo la casa de la playa como mi único escape. Como mi única casa. Tengo diecinueve años. Veo el ingreso a la universidad como una venganza. Quiero decirle a mi padre que lo he logrado. Quiero decirle que soy más astuto que él, que soy más inteligente. Quiero burlarme de su trabajo miserable. Quiero demostrarle que sus automóviles de último año, que sus propiedades no valen, no llenan ningún vacío. Tengo veintiún años. Veo los departamentos compartidos por los que he transitado. Veo a las personas que detesto durmiendo en otras habitaciones. Debo mentirles. Debo profesar un juego de espejos, de humos y engaños. Tengo veintidós años. Veo los amigos que he generado, me siento orgulloso de ellos. Veo el cuerpo de Iván hablándome a mi izquierda. No sabe todo lo que he visto. No sabe todo lo que he recordado.

~

Despierto temprano para trabajar en el proyecto. Estoy atrasado, pero antes de levantarme observo el cuerpo de Bruno, vigilo esa respiración que a veces se confunde con ronquidos. Lo abrazo por la espalda. Me siente y despierta. Quiero penetrarlo.

Quiero escuchar ese orgasmo extendido. Que me mire a los ojos mientras eyacula. Comienza el juego. Iniciamos las tácticas implícitas que componen el juego. Pero el juego es una trampa que representa la posibilidad de ningún triunfo. En este juego los dos perdemos, es la última partida.

Él está completamente desnudo. Yo me abrigo con un chaleco. Detesto el frío, pero me gusta ver el cuerpo de Bruno indiferente a la temperatura ambiente. Me gusta escuchar los sonidos de su cuerpo y palpar su piel. Él observa cómo me muevo. Su rostro apenas se trasforma. No sé si lo disfruta. No sé si lo pasa bien. Me dice que quiere terminar pronto. Lo dejo, no puedo frenarlo. Así que me sumo. Este juego es el último que jugamos. Al final lo escucho: el quejido de su orgasmo que se funde con el sol y la marea. Creo que nunca he escuchado algo mejor. Trato de no emitir ruido alguno.

Escribo la mitad del anteproyecto en dos horas y media. Nada muy virtuoso, para ser honesto. Aunque la verdad no me importa. Mi atención está en el mar. Aprovecho al máximo la vista de mi casa. Devoro con los ojos los treinta pasos que me separan del océano y me lanzo a nadar. Estoy nadando en un mar que no me toca. Termino de escribir el anteproyecto a las tres de la tarde. No lo desarrollo completo, no quiero escribir más. Dejo en el tintero un espacio indeterminado que dudo retomar más adelante. Pienso que con Bruno pasa algo parecido.

Son las cinco de la tarde. Las horas se prolongan naturalmente hasta que suena el teléfono. El simulacro se interrumpe cuando él contesta. Bruno sale a la terraza y dialoga sujetando el celular con su mano derecha, mientras que con la otra se acaricia el lóbulo izquierdo. Sé quién lo llama, es evidente. Me lo dijo apenas llegamos a la playa. Me contestó la pregunta que no debí preguntar. Dijo: hablo con Jara, tu competencia. Y luego comenzó a reír, como siempre. Mecanizó todas las situaciones entre nosotros desde el primer momento. Ahora, dos días después, no es necesario preguntar quien llama. Su discurso es pronunciado y claro. No se molesta en bajar la voz. Registro los cambios de su rostro mientras habla por teléfono. Habla de volver, menciona una instancia futura. Jara está en un norte más al norte que esta playa. Ha estado allí por semanas. Ha dejado en puntos suspensivos lo que inició con Bruno antes de que yo apareciera. Ese fue el primer acto. Bruno está en mi pueblo acompañándome mientras escribo mi proyecto, mientras preparo los exámenes de la universidad que no me satisface, de la carrera que no me llena. Compartimos el interludio que media entre su pasado y el futuro inexorable. El segundo acto es lo que viene después de esta playa. El segundo acto es volver a Santiago y retomar lo que se dejó pendiente. Cuando Jara regrese desde ese norte más al norte. Mi existencia no se incluye en ninguno de los dos actos. Soy testigo del transcurso de los días que distan entre el primer acto y el segundo. Soy partícipe del revuelco accidental de los sucesos. Soy protagonista de un entreacto que vive solo en mí, que yo he inventado. Que solo yo conozco.

~

No existen marcos de referencias para ser hijos. Nos comportamos como individuos que absorben imágenes y las usamos como antecedentes. El camino de ser padres es el reflejo de nuestros propios padres. Pero no conozco la referencia directa para ser hijos. Nacemos para descubrir que hemos nacido sin entrenamiento previo. Nos constituimos como hijos bajo la referencia de nuestros padres que nos sirve únicamente para ser padres. Queremos ser hijos autónomos del recuerdo. Queremos desligarnos de la historia de los padres y volvernos hijos por nuestra cuenta. Eso es lo que intuyo. Somos hijos escapando de ser los hijos de sus padres, pero nadie nos ha enseñado a serlo. Nadie nos puede enseñar. Porque esa lección no existe: los hijos nunca podrán escapar de sus padres. Incluso si no se los conoce. Nos rodeamos de padres ajenos que también son nuestros padres y que simultáneamente también son hijos. Hijos que tomamos como ejemplos para ser nosotros mismos, para proyectarnos hacia un futuro donde sabremos cómo ser padres, aunque no lleguemos nunca a asumir ese rol.

Reflexiono sobre estas cosas al alero de la luz amarilla que ilumina el comedor. El vino se acabó. Quisiera tomar más y continuar escuchando las historias de Iván. De esa manera converso, dialogando con las imágenes interiores que afloran a partir de los relatos. Escuchando historias ajenas rememoro las mías. Hoy he visto los colores difusos de la paternidad. Iván me ha hablado de su hija y yo he recordado mi propio rol, mi propia condición de hijo. Pero Iván debe marcharse. A partir de este momento lidiaré con mis historias a solas.

Son las tres y media de la madrugada, y hace frío. Ambos llevamos gruesos y pesados abrigos. Salimos a la calle a esperar su micro. Lo acompaño porque a pesar de las horas aún no hemos terminado de hablar. ¿Qué va a pasar con tu viejo?, pregunta. Le respondo que no sé, lo que tenga que pasar. Estamos en el paradero esperando una micro que a estas horas ya no pasa. Le ofrezco alojar en mi casa, pero dice que tiene ganas de despertar en su cama temprano así que caminará hasta encontrar algo. No insisto con la invitación. Al momento de despedirnos son las cuatro de la madrugada. Él se marcha por unas calles que no conozco. Antes le digo que recuerde mi propuesta. Que se haga el tiempo para ir a la playa. A mi pueblo, donde vive mi madre. Donde podremos relajarnos y ver el mar.

Iván dice que quiere ir y que es muy probable que vaya. Pero solo hay una condición: si voy, tengo que llegar solo, sin pistas ni rutas. Quiere llegar a mi casa sabiendo no más que el nombre del pueblo. Yo me río de este juego de niños que de algún modo también me gustaría jugar. Le digo que está bien. Que en mi pueblo no es difícil orientarse y, además, más de alguno me conoce, o al menos conoce a mi madre. Que busque mi casa frente al mar. Con saber eso es suficiente, termino diciendo, y nos separamos.

Limpio las cosas que dejamos sobre la mesa. Si alguna vez tuve sueño por culpa del vino, ahora el frío me lo quitó por completo. Son las cinco de la mañana. Desgasto el insomnio revisando las fotografías de amigos que encuentro en internet. También releo los mensajes de mi padre en Facebook. Los revivo una y otra vez. Concluyo que es mejor no darle más oportunidades. Nuestra relación murió hace rato. Abro el chat sin preocuparme de la hora: no es necesario que vengas, no te quiero ver.

Después hago lo que hace tiempo no hacía: reviso el perfil de Bruno y las *selfies* donde aparece con su novio, con Jara. Recuerdo con extrañeza nuestra última vez juntos. Han transcurrido seis meses desde el viaje. Seis meses desde que lo invité al mar. Entonces no sabía qué vendría después, ni que dejaríamos de vernos. Ha pasado tiempo desde que aniquilé todas las posibilidades de construir algo menos pasajero de lo que vivimos. Sin embargo, lo único que siento es extrañeza. No me alcanza para más.

En la foto, Bruno sonríe como siempre. Sonríe a un costado derecho de su novio, quien es notoriamente más alto. Los ojos de ambos miran directamente al objetivo de la cámara. Creo que toda la historia es muy tonta. Creo que me empeñé en mostrar mi lado más despreciable: una inmadurez y una inexperiencia sin excusa. Pero ahora no es importante. La sonrisa de Bruno es lo último que veo antes de quedarme dormido.

Son las nueve de la mañana. El teléfono suena. Contrayéndose y expandiéndose entre las sábanas, el sonido extingue el sueño hasta que despierto. Hay una voz que me habla desde el otro lado de la línea. Son las nueve con cinco minutos y tengo una rabia que traduzco en un saludo hostil. Convierto la falta de interés, las ganas de seguir durmiendo en palabras secas que ladro sin importar quien llama. Hay una voz que ansía una respuesta al otro lado de la línea. Frases que me parecen incomprensibles. No percibo mucho, pero distingo el nombre de mi padre.

~

Se despiden. Bruno corta la llamada y su templanza deviene en miradas. Su estructura ósea se refleja en mi córnea. Lo observo directamente sin desprenderme por un segundo. No existen filtros en esa mirada. Es la única mirada sincera que le regalo, y sin embargo en ese mirar no intento decir nada.

Son las siete de la tarde. El cielo naranja compone el último atardecer antes de volver a Santiago. Son las nueve de la noche. Tenemos una conversación sobre películas. No quiero saber sus gustos. Le digo que esas películas ya están pasadas: son poseríos de falsos intelectuales, ninguna novedad. Son las diez de la noche. Fumamos el resto de marihuana. Fumamos y nos dejamos llevar por los instintos. Quiero borronear el rol que debía asumir, e improvisar las horas que quedan. El libreto que me correspondía era la indiferencia, la distancia. Pero el papel me ha quedado grande. El papel que intento improvisar es la adicción. No mesuro la proximidad. No me preocupo de los intersticios ni del aire. Lo tomo de los brazos y lo acerco. Sé que no está cómodo. Sé que no quiere venir. Lo beso. Me dice: los besos no se preguntan. No comprendo. Según yo, jamás pregunté. Continúo improvisando: no sé de protocolos o de cantidad. Me vuelvo insoportablemente denso. Quiero que estos momentos sean un castigo, quiero saber lo molesto de estar a mi lado. Tengo una pena que no sé manejar con sensatez. Lo peor es que me doy cuenta. Es un pésimo epílogo: el efecto colateral de sentir algo. Pienso esto mientras estoy drogado. El efecto se acaba. Caminamos al dormitorio.

Son las doce de la noche. Dormimos esta vez sin mezclarnos. Dormimos sin roce. Entramos en cuenta regresiva. Me arrepiento de todo lo que hice. De mis gestos. De la presión constante. De la idea del castigo. Intento relajarme dando vueltas en la cama. Abrazo a Bruno de vez en cuando. Sospecho que no se repetirá.

Preparamos nuestras maletas contemplando el mar. Alistamos los discursos necesarios para despedirnos de mi casa, del pueblo, de este momento intermedio que será el fin. Me acerco para abrazarlo. Le digo: quiero hacer esto antes de que ya no se pueda. Lo beso. Es un beso frío. Él me mira. Me dice: es curioso que seas así de cariñoso. ¿Por qué?, pregunto. No sé. No te imaginaba así y siento que no puedo corresponder ese cariño, no me nace. En su respuesta encuentro lo que buscaba ayer, lo que hoy no quiero escuchar. Me duele, pero no lo expreso. Su respuesta tiene una lógica que va más allá de mis deseos. Tiene la lógica del fin del entreacto, del desenlace. Me dice: pero no te sientas mal. No te preocupes, replico, ya no es necesario.

Caminamos por las calles del pueblo despidiéndonos del océano. Nos subimos al bus, pero nos tocan asientos separados. Durante el viaje intento avanzar en la novela que tengo pendiente. No leo ni media página. Llegaremos a Santiago y esta historia se acaba, pienso. Llegamos a la ciudad y me doy cuenta.

Desde el terminal, debemos tomar el metro para llegar a nuestros destinos. ¿No te conviene más tomar una micro?, pregunta Bruno. Respondo que no. Sospecho en esa insinuación algo más crudo. Mientras el metro avanza, pienso en el recuento de nuestras acciones como un tormento. Bueno, ha sido un gusto. Es lo último que me dice. Alisto mis bolsos mientras Bruno permanece estático. Dentro del túnel encontrará el inicio del segundo acto. Un futuro posterior que ya se ha puesto en marcha. Nos despedimos en un abrazo indiferente acompañado de miradas incómodas. Desciendo del vagón y camino en línea directa hacia un punto ciego. Desde allí, si girara, podría ver su cara. Pero no giro, no sé por qué. Escucho el sonido del metro abandonando el andén. Es el fin del entreacto. No nos volveremos a ver.

~

¿A qué hora va a llegar tu amigo? Pregunta mi madre. No lo sé, respondo. Solo sé que llega hoy. Eso dijo al menos. Estamos sentados frente a frente. Almorzamos contemplando el mar que a veces parece estar al alcance de la mano. ¿Y quién es tu amigo?, ¿qué hace?, interroga. Se llama Iván. No lo conoces, respondo. Estudia Ingeniería en mi universidad. Ah… debe ser inteligente entonces, comenta. Claro, señalo, es muy inteligente. En mi mente río ante la ingenuidad de mi madre, aquélla que inevitablemente la lleva a pensar que los números, las leyes y las ciencias son la clave del éxito. Creo que tiene razón en algún punto: allí está el dinero, allí están los automóviles y los bienes raíces. Pero no puedo decírselo, estamos hartos de tanta amargura.

No todos los ingenieros son inteligentes, replico. Iván es inteligente y, además, estudia ingeniería. Son dos cosas totalmente distintas. Mi madre revuelve con lentitud la taza de café que acabo de prepararle. Creo que le hubiese gustado que yo fuese médico o abogado, como mi padre. Pero estudio diseño y sin querer convertirme en diseñador. Ella sigue preguntando: y este amigo, Iván, ¿te gusta? La miro directamente a los ojos comprendiendo lo que quiere decirme. No, mamá. No me gusta. Iván es heterosexual. Ella me mira con alivio. Sé que prefiere que no me guste nadie. Las huellas del suicidio aún le son incipientes, aún siguen latiendo dentro de un miedo constante que no puede evitar. Cree que el suicidio fue por alguien, por desamor. No sabe de las otras historias. Que crea lo que la satisfaga: que las historias de amor son las únicas importantes. Luego pregunta lo que quería preguntar desde un principio: ¿no estás saliendo con nadie?, ¿qué pasó con ese amigo tuyo que trajiste hace tiempo? Con el que viniste cuando yo no estaba. No recuerdo su nombre. Bruno, le digo. Somos amigos, quizá menos. Y no, no estoy saliendo con nadie.

Después de almuerzo mi madre se va a preparar el negocio para el fin de semana largo. Debe ordenar las vitrinas, reponer los helados y las bebidas. Rellenar de agua la cafetera y limpiar las mesas que le han servido como sustento durante más de veinte años. Mi padre y ella lo iniciaron. El negocio ha sido el único testigo inocuo de todas nuestras historias. Alberga la inmovilidad necesaria para ser oyente sin derrumbarse. Conforma un registro arquitectónico que no se altera con los matices del cambio, las transformaciones que tanto ella como yo hemos sufrido en silencio, sin darnos cuenta. Yo me quedo en casa articulando las múltiples ideas que se me vienen a la cabeza. Quiero escribir. Estoy determinado a escribir. El problema es que no sé por dónde empezar.

Tres golpes secos. Al cuarto reacciono y abro la puerta. No pensé que llegarías, le digo. Iván carga un bolso desproporcionado para la cantidad de días que se quedará en mi casa. ¿Por qué tantas cosas?, le pregunto. Traje la tela, me dice. Quiero ver si puedo colgarme en un árbol de la playa. No hay que desperdiciar la oportunidad. Verdad, le digo, había olvidado que te colgabas. Iván deja sus cosas en la pieza. Luego recorre la casa comparando la imagen mental que tenía de ella con la realidad que ahora descubre. Tenías razón, me dice mientras sale a la terraza, la vista de tu casa es incomparable. Me alegro que le guste. Me alegro que compartamos el placer de observar el mar y perdernos en él.

Le pregunto cómo lo hizo para encontrar mi casa. Después de reír me dice que eso es parte del secreto, que lo importante es que llegó. Tiene razón. Lo importante es que está acá. Lo que sucede entremedio forma parte de un relato que le compete únicamente a él. Es su propio entreacto.

~

Sobre la arena se pierde la carne. La piel desnuda de los pies se entierra bajo diminutas, microscópicas rocas. Generan infinitos contactos. Me pregunto cómo habrá sido esta playa millones de años atrás. Cómo habrá sido la geografía que hoy comprende una bahía inabarcable a la mirada. Estamos parados al lado de un eucaliptus, situados en una nada equidistante al borde costero y el extremo de la playa donde se acaba la arena. Millones de años atrás ninguna de estas imágenes era probable. Hace millones de años nosotros éramos imposibles.

Los pies de Iván se despegan de la arena. Arriba, la tela envuelve su cuerpo, componiendo imágenes que no puedo describir tan fácilmente. A veces resultan figuras geométricas que bailan en el aire, bosquejan siluetas inverosímiles. Otras veces casi parecen fotografías, postales fugaces que componen un nanometraje que solo él entiende y dirige. Los fotogramas que alcanzo a captar son trazos de una totalidad que no logro aglutinar por más que trate. Contemplo el ejercicio sabiendo que jamás podría intentarlo. Se ve complejo: la tela cuelga del árbol dejándose atrapar por un cuerpo que quiere transformarse en tela. El cuerpo pierde su elasticidad natural e intenta asumir la elasticidad del género. Ambos, tela y cuerpo, son miembros de un tercer organismo nacido a partir de esa simbiosis: el cuerpo no puede separarse de la tela ni la tela del cuerpo. Allí está la belleza. Allí radica el fin del ejercicio: conformar un tercer cuerpo inexistente a partir de una dependencia mutua.

De vez en cuando Iván baja de la tela para compartir el vino que hemos llevado a la playa. Ayer hablé con la Caro. Resultó muy bien, comenta. Hablamos por mucho rato sin interrupciones hasta que llegamos a un acuerdo. Quedamos en que hablaríamos todo, siempre. No nos haremos los locos con las cosas que nos están pasando. Con esas cosas que de alguna u otra manera repercutirán en la Mati. Al final ella es quien importa. Nuestros asuntos no son su problema. Quedo satisfecho con el relato de Iván. Me alegro de que su hija sea el tema, que trabajen a favor de ella, a pesar de los desencuentros. Supongo que en eso consiste la paternidad: velar por el bienestar de los hijos.

He estado intentando escribir, le digo. Iván me mira con entusiasmo. ¿Y? ¿Cómo te ha ido?, pregunta. Mal, contesto. Tengo muchas ideas en la cabeza, pero no sé cuál elegir. Escribe lo que pasó con tu papá, dice. Me mantengo un largo rato callado hasta que encuentro la respuesta apropiada: no, lo que pasó con mi padre es un asunto que a nadie le interesa, que nadie querría saber, mucho menos leer. Además, todavía está muy fresco.

Mi papá murió poco después de la última vez que rechacé verlo. Efectivamente, estaba desahuciado y según sus cercanos hace rato que hablaba de mí. El cáncer se lo comió desde adentro con rapidez. Tendré que cuidarme del estómago de aquí en adelante. Me dijeron que trató de contarme la verdad, pero luego empeoró abruptamente y ya no tuvo energías. Cuando lograron contactarme, después de haber cerrado mis redes sociales y haber cambiado mi teléfono varias veces, fue el día en que murió. Fui a ver su rostro demacrado y grisáceo en el ataúd. Ante todo, un funeral muy católico. Mi familia paterna todavía me culpa indirectamente por su muerte. Creen que, de haberlo visitado, habría ocurrido un milagro. A veces concuerdo con ellos y termino ahogándome entre mi propio llanto. Pero desde hace un tiempo comencé a conformarme con la idea de que iba a morir de todas formas, y que las cosas terminaron así, mal, por culpa de otros factores.

Iván continúa interrogándome: ¿y entonces?, pregunta. No lo sé. Quizá debería partir escribiendo algo muy torpe. Iván me mira extrañado. ¿Aún sigues con eso? No, contesto, pero es inevitable no acordarme estando acá contigo. Me pregunto qué hubiese pasado si las cosas no se hubiesen complicado. Quizá seríamos amigos. O no. Quizá todas las personas y todas las cosas tienen fecha de caducidad. La única diferencia con Bruno es que ese vencimiento estuvo estipulado.

Caminamos de vuelta una vez que el atardecer estaba sobre nuestras espaldas. Llegamos a casa donde se encuentra mi madre conversando con una amiga. Algún día tendremos que compartirnos todas las historias. En algún momento tendremos que olvidarnos de nosotros mismos y pensar únicamente en el relato. En cómo decir lo que no hemos dicho, lo que tanta falta nos hace contar.

Son las diez de la noche. El tiempo está perfecto. Mientras Iván sale a comprar más vino, me quedo a solas, pensando en mi historia. En la que debo escribir. Tengo que partir por lo que conozco. Lo que incluso con los ojos cerrados podría describir a la perfección. No puedo escribir sobre mi padre o sobre mi madre. Hay demasiados escapes. Demasiado dolor irresuelto. Secretos que se escurren de manera tácita entre nosotros. Pero sabemos que en algún momento tendremos que dar fin a esta tregua, a este entretiempo donde nada se dice ni nada se explica. Debo escribir sobre cosas cotidianas. Distender un relato que implique las nociones de realidad que todos queremos escuchar. Todos somos parte de la misma idiotez. Todos queremos escuchar la misma historia de siempre, aunque nos digamos que no, aunque nos digamos que necesitamos cosas nuevas. Creo que eso es mentira. Creo que todos evadimos lo importante a través de este tipo de historias. Del tipo de historias que quiero escribir.

Mi historia no tendrá padres ni bolsillos. No habrá preocupaciones de tiempo y los personajes compartirán un único espacio, un pueblo que quizá remita a cualquier otro. Estarán el mar y los individuos. Individuos unidos por una verdad absurda, compartiendo un entreacto que alguno de ellos sabe inestable y que otro desconoce por completo. Siempre conscientes del fin, de la irracionalidad e inmadurez en la cual se encuentran. Quiero que mi historia narre un amor estúpido, donde la muerte apenas sea nombrada. Una historia que hable del amor y su fracaso, porque eso es lo que muchos creen importante, lo único que según muchos vale la pena nombrar, vivir y contar. Escribo la primera línea: para mí, el mar lo es todo.

LIBRACIONES DE LA LUNA

A puertas cerradas y casi a oscuras, así la vemos de cuclillas en un rincón. Abraza sus piernas con firmeza, tiembla. De manera intermitente cambia de postura e intenta dar vueltas por el cuarto, alternando distintas poses y figuras que realiza con su cuerpo. Con frecuencia las emociones toman el control de sus gestos. Es arrastrada por la incertidumbre, las heridas, el frío, hasta que el detrimento físico y espiritual la arroja al suelo. En este momento es cuando se inicia una de las mejores escenas. Murmullos y rumores por aquí y allá. Chillidos en cada esquina. Suplicios y dolores que podrían ser incluso imaginarios. Pero no lo sabemos, carecemos de datos suficientes para afirmar o refutar cualquier hipótesis referida a su conducta. Solo podemos observarla y ver cómo eleva sus piernas entre pequeños saltos, casi levitando por breves instantes, desprendiéndose apenas por segundos del suelo enlodado. Alza sus manos hacia arriba y abajo azarosamente, sin coreografía. Luego convulsiona a contraluz, dejando una oscura huella de sí recortada por la Luna que le ilumina. Observamos esas siluetas proyectadas sobre la pared e imaginamos cómo sería palparlas con la punta de los dedos, sentir la textura de esas sombras contra el muro. Después seguimos con la mirada la ruta de esas piernas, de esas manos y del resto de esa piel. Un todo fragmentado revolcándose en el suelo de una habitación cerrada, donde la luz nocturna se filtra por una pequeña grieta en lo más alto de la construcción.

En las afueras de la pieza, una mujer desmenuza con sus dedos un trozo de carne, lo corta en lonjas y espolvorea un molido de hierbas sobre ellas. Al costado derecho de la cocinera, una olla deja escapar un humo violáceo y rancio de cuya procedencia tampoco estamos seguros: estofado, cocimiento de legumbres o sopa de pescado, imposible saberlo. Oímos el ladrido austero de un perro. Su quejido es débil, apocado. Desde una radio se oye la voz de Ana Gabriel. Como encantada, la cocinera repite el coro exagerando la entonación. *Luuuna, tú que lo ves.* De vez en cuando, un grito, ahora sí, gutural y dolido se escapa desde la habitación. La cocinera, ensimismada en la música, sube el volumen de la radio para asegurarse de no escuchar a nadie más que a Ana Gabriel. *Dile cuánto le extrañooo.* Mientras, el caldo bulle liberando un vapor más y más violáceo. Los vidrios de la cocina se empañan, tiñéndose del mismo tono que se alcanza a apreciar en el fondo de la olla. *Tú que sabes por donde vaaaa...* El vapor da lugar a una densa nube que espesa nauseabundamente la atmósfera de la cocina. Los aullidos del perro adquieren amplitud, aumentan progresivamente. Cállate mierda, grita la cocinera, y se aproxima a la radio para subir el volumen y acompañar a Ana Gabriel a lo largo de la última estrofa, sin interferencias ni interrupciones.

Los pies de la cocinera se hunden en el piso de barro. Si estuviéramos allí, cerca de ella, podríamos especificar el número de verrugas que cubren sus talones. Pero estamos a una distancia prudente y vemos la escena en un plano general. Observamos las acciones desde afuera, dejando que el guion se desarrolle según su propio curso mientras Ana Gabriel canta el último coro. Entonces el perro lame los tobillos de la mujer que cocina. Córrete mierda, córrete, te digo, le grita ella, quien ante la insistencia del animal decide arrojarle un trozo de carne. A continuación, se muestra un plano detalle que se concentra en los dientes del perro destrozando las fibras. Proteína grisácea que descubrimos a través de un encuadre arrogante, perfectamente bello. La línea temporal prosigue con acciones que la mujer realiza sin imprimir en ellas algún simbolismo aparente, como agarrar un trapo mojado con el cual se cubre las manos para tomar la olla. Advertimos que le duelen las manos, que le toma trabajo caminar. El color enrojecido de su rostro lo delata. Especulamos que es aquella la razón por la cual lanza patadas arbitrarias contra el animal mientras se abre camino hacia la puerta. El vapor de la olla hirviendo le nubla la vista. Desde la habitación de donde se escapaban los gritos ahora solo se filtra un silencio incómodo, grave. Creemos que esta situación, esta toma en contrapicado de la olla y de los vapores, pudo haberse repetido con anterioridad. De otro modo, no es comprensible que, a medida que se aproximan los pasos de la cocinera, cesen así como así los gritos de la mujer encerrada. El camino es lento y seguro. Ni una sola gota se derrama sobre el piso ni menos sobre sus brazos. Una vez frente a la puerta, vemos cómo la mujer, enmascarada de pura autoridad, procede a dejar la olla en el piso, a fin de recuperar la llave de la habitación, escondida entremedio de los bolsillos de su delantal de cocina. Una vez llave en mano, ingresa a la habitación tras batallar en contra de la oxidada cerradura. Podríamos pensar, sería muy fácil pensar, que esa intromisión fue específicamente programada. La razón para especular esto yace en la necesidad de inducir miedo, espanto, terror. La cocinera, aunque no lo reconozca, disfruta de los gritos de quien ahora podemos reconocer como su prisionera. Mas la prisionera ya no grita, ya no baila a contraluz, tampoco agita su cuerpo bordeando paredes ni se revuelca por el piso de barro. Su estado es de una vacuidad que apenas incorpora la manifestación de sus signos vitales. La puerta se abre. La escena se desfigura. Los pasos de la cocinera entrando a la pieza oscura retumban en los tímpanos de la prisionera. Desde afuera, desde la distancia inhumana entre la Luna y la Tierra, la luz que entra por las fisuras del muro rebota en la olla, configurando una red iridiscente que por un instante abarca casi la totalidad del cuarto. Esta escena podría haber sido más significativa de haber contado con un diálogo. La prisionera, por ejemplo, podría haber increpado a la cocinera. Le podría haber exigido, a través de gritos y ruegos, que la dejase ir. Ella, en respuesta, habría contestado con gestos militares y frases secas que habrían dejado en la retina y memoria de la prisionera la imagen de un trauma inefable. Pero esta escena, como vemos, no es así. Lo único que sucede, lo único que podría ser interpretado como un acto de legítima comunicación, es que, dentro de la habitación, el caldo violáceo se desplaza por el aire bajo la mirada contemplativa de la prisionera, cuyo cuerpo asume una posición sumisa de resignación, de receptora. Allí está el vínculo: la mirada de la cocinera atendiendo al modo en que el caldo carcome y corroe la carne de la prisionera al entrar en contacto con su piel. La epidermis tornándose violeta, sus lágrimas estancadas, y la preciosa manera en que los filamentos capilares se desprenden del cráneo de la prisionera. Escuchamos el audio de la última toma de esta secuencia: Grita ahora conchatumadre, dice la mujer de la olla. Pero la prisionera, quemada, mutilada, teñida de violeta y corroída en carne viva, ya no grita, tampoco se mueve ni expresa nada.

~

Desde un punto fijo de la superficie de la Tierra vemos la faz de la Luna oscilar levemente en su mismo eje, revelando pequeños rincones de esa otra cara, la que no se ve. La cámara acelera. Un corte abrupto nos lleva al frontis del observatorio. Ella está dentro de la construcción, en su oficina, concentrada en una pantalla. Sus ojos delatan fastidio, indiferencia.

Un colega, quien ha insistido toda la semana, la invita al bar que queda relativamente cerca, pero ella rechaza la invitación. Esa noche tiene ganas de dormir sola, meterse a la cama temprano. Opta por dirigirse directamente a casa. Baja del observatorio a eso de las doce pensando que, después de todo, podrá acostarse con su colega siempre que se le antoje. Es lamentable que no podamos escuchar la risa sigilosa que la astrónoma deja escapar por entre las comisuras de sus labios.

Sube al automóvil evitando caer en el recuerdo. Rememorar la falta de culpa, de compasión, sería un despropósito. Es por ello que recorre otros parajes de su mente. Piensa en sus futuras vacaciones, en su independencia financiera, en su gran casa rodeada de vacío a sesenta minutos de la ciudad. Cree que no podría vivir en otra parte. Mientras maneja, cuando el automóvil pasa a un costado de la población más próxima a su hogar, extrae de su bolso un lápiz labial con el cual pinta sus labios color lila. Su cabeza es de pronto asolada por una ráfaga de imágenes que se repiten una y otra vez: el golpe, la fuga, la niebla, el golpe, la fuga, la niebla, el golpe, la fuga, la niebla… Durante los escasos segundos que demora el automóvil en dejar atrás la población ella mantiene los ojos cerrados.

Se estaciona con rapidez. Abre la puerta de casa y procede a desactivar la alarma que ya había comenzado a sonar. Se dirige al comedor: una enorme sala blanca decorada con muebles de autor y grabados monocromáticos dispuestos en elegantes marcos negros. A continuación, camina hacia su alcoba, donde, tras haberse cambiado de ropa y quitado los zapatos, se sienta sobre la cama. Compulsivamente, cambia de canales con el control remoto. Se detiene en un programa relativo a la supervivencia animal en la sabana. Ve una manada de leonas cazar sus presas mientras un par de leones esperan dormitando. Qué hijos de puta, piensa antes de apagar el televisor.

Reflejado en la pantalla, vemos en primer plano su rostro. De a poco se genera un macro que presta especial atención a los detalles de la cara de la mujer. Nos concentramos en sus ojos: comienza a pestañear, entrando de a poco en un sueño que finalmente no logra concretar. Ingresa, en vez, a un estado letárgico semiconsciente que abre su mente a un puzle de recuerdos en formato de video. Hay ciertas referencias visuales a un tiempo pasado: el color rojo salpicado sobre el vidrio en contraste con ese violeta de sus labios que observaba en el espejo antes del impacto, las mujeres rodeando el cuerpo, las ruedas del automóvil acelerando con urgencia. Despierta por el sonido de su teléfono que dejó en el comedor, sobre la mesa. Se dirige apresurada a contestarlo. Ah, eres tú, dice. Mientras habla con su colega transita con la mirada las xilografías del comedor, examinándolas con desgano. Como podemos darnos cuenta, no está conectada ni con las imágenes ni con la tediosa conversación que mantiene con su colega. Está bien, le dice, puedes venir. Corta la llamada pensando en el proceso cargante al que se ha sometido. Debe preparar las sábanas, ordenar el baño, tomar una ducha. Pero primero decide tomar una copa de vino. Ingresa a la cava ubicada detrás de la cocina en búsqueda de una botella, que pronto descorcha, decanta y sirve. El encuadre nos muestra a la astrónoma bebiendo en silencio una gran copa de vino con tintes violáceos. Podemos ver sus ojos enfocados en los grabados y en el mobiliario impecable de su hogar. Sin embargo, la estética fuera de cuadro oculta la presencia de un acto ulterior, lo intencional del guion se encuentra en un más allá de este metraje.

Se ha cortado la luz. Contra un fondo negro, oímos la progresión del secuestro: ella, la astrónoma, escucha un sonido seco en la cava. Teléfono en mano, avanza a tientas en busca de la fuente emisora del sonido. Hace falta iluminar la escena para descubrirla. Al regresar la electricidad y encenderse todas las ampolletas del lugar, vemos a la astrónoma lanzar, tranquilamente, su celular sobre el piso. Expresa, mirándolas: sabía que vendrían.

~

Empacaron las posesiones precisas: ropa, utensilios domésticos, unas estampitas con la imagen del Sagrado Corazón de Jesús y algunos casetes de música romántica en español. Caminaron fuera de la ciudad, sin rumbo claro, a lo largo de unos tres días. Desde una toma aérea fuimos testigos de la procesión hacia las montañas. Parecían hormigas vistas de lejos. Se asentaron allí, al costado de un río seco, donde las estrellas resplandecían con nitidez. Improvisaron unas casuchas y carpas mal hechas con los materiales que encontraron, y establecieron sus protocolos comunitarios: domesticar a los animales del perímetro circundante, organizar el día a día, adoptar compromisos de asistencia mutua. Gestaron, en definitiva, los inicios de lo que más tarde constituiría su aldea.

Cuando aceleramos la reproducción del registro podemos ver los aluviones desbordándose en invierno, las ventiscas que arrasan con techos livianos, las heladas que aniquilan a un par de integrantes de la comunidad. Asentarse en esa tierra, hay que decirlo, es una decisión valiente. La fuerza descomunal de estas mujeres por sobrevivir es una extraña virtud. Nomás es cosa de ver sus cuerpos envejeciendo a un ritmo asombrosamente lento. La muerte, para ellas, es tan solo un momento de pausa, un respiro del éxodo que ahora protagonizan.

Cincuenta mujeres partieron esa madrugada, ya diez años atrás. Hoy son veinte quienes se ciñen obstinadas al plan original, quienes siguen dándole vida al poblado. Nadie entra a esa aldea que desde afuera parece una población de casas apelotonadas que se confunden con la niebla. Tampoco nadie sale de ahí. Al menos, así forjaron los cimientos originales de su sociedad: escapar de la ciudad significa permanecer unidas, velar por nosotras, cultivar nuestra sangre, protegernos las unas a las otras como hermanas.

Actualmente, la cotidianidad se ha visto modificada. Con el tiempo la ciudad les alcanzó. Su aldea, ahora, yace al pie de grandes y monstruosas mansiones ubicadas en la meseta más alta del valle. El río seco mutó en carretera y con ello la ubicación de las mujeres en el mapa fue expuesta a la mirada de los demás. En un principio tuvieron miedo. Hasta acá llegamos, pensaron. Sin embargo, nadie se atrevió a inmiscuirse en la comunidad de las veinte mujeres que restaban. Nadie, absolutamente nadie, intentó ejercer contacto con ellas. Su permanencia allí fue un tabú tácitamente incuestionable, el cual por nadie iba a ser profanado, pues nadie estaba genuinamente interesado en él. Así fueron las cosas durante varios años, hasta que una madrugada violeta, húmeda y nublada, cambió el esquema.

Escuchamos un estruendo proveniente de las paredes rocosas del valle, seguido por un grito fúnebre que rompió en las inmediaciones del río seco. Seguimos desde cerca los cuerpos de las mujeres, arrastrando el cadáver desde la autopista hasta las malezas y pastizales. Allí están, las diecinueve, admirando cómo el fuego santifica la carne de su muerta, la veinteava. Luego la cubren de tierra, de su estéril tierra, para después caminar cuesta arriba, hacia las casas, en busca de quien las hirió de muerte. Los astros las guían en su trayecto, les indican la ruta.

~

Un proyector sobrepuesto a la cinta nos devela las libraciones de la Luna. Luego las películas se entrecruzan en dos capas. Arriba, las libraciones nos regalan diferentes imágenes de la superficie lunar.

Abajo, varios planos cerrados de la astrónoma se suceden los unos a los otros. La pupila de ella calza con el perímetro de la Luna. Dos círculos concéntricos. La perfección de esta imagen nos produce asco, repelencia. Un cruce geométrico que rechaza la armonía. Por eso intentamos olvidar el iris, la pupila, la córnea. La filmación se enfoca únicamente en el satélite. Desde un punto fijo de la Tierra vemos distintos ángulos de la Luna. Tomamos registro de los movimientos a través de fotografías. Si las animáramos, si dispusiéramos cada imagen y toma, una tras otra, descubriríamos pequeños fragmentos de algo que se resiste a revelarse. Veríamos, quizá, un signo que nos permitiría imaginar aquello que falta. Pero ambas proyecciones, en este momento, se han quedado fijas y la esfera queda incompleta.

~

Al final, ambas terminan muertas. Sus cuerpos son enterrados bajo capas de tierra. En la aldea, donde sus cuerpos descansarán por varios años, las dieciocho mujeres restantes se reúnen para darle clausura a los sucesos mediante un pacto de silencio. La ceremonia se lleva a cabo con solemnidad. Pero esto no lo vemos, tampoco vemos las muertes. Lo que vemos, la última imagen que nos llevamos, es el cuerpo de la cocinera sentada en una silla, de espaldas a la puerta, contemplando con paciencia la faceta exterior de la atmósfera. Vemos la luz de la Luna que golpea el lado izquierdo de su cara, la de la cocinera. Vemos el líquido violeta y la puerta del fondo, donde agoniza la astrónoma, ligeramente entreabierta. Vemos el movimiento de los astros revolucionando en un cielo transparente. Vemos tantas cosas, que el listado inverosímil de aquellos objetos y de aquellas acciones se convierte en una numeración inútil, infructífera: la bruma, los cuerpos celestes, el líquido, los acordes, las marcas violetas, los capilares explotados de sangre. Nos basta con saber y saborear la luz que anhelamos tocar a medida que la cámara se aleja. Pasamos, otra vez, a un plano general que pierde resolución vertiginosamente.

Existen algunos cortes en la cinta de esta historia: vemos el cuerpo mutilado de la astrónoma, todo teñido de violeta, arrastrarse hacia la silla. Los trozos de su carne cercenada y su labial dentro de la olla. Vemos las ondas de la radio ulular entre los recovecos donde la luz no alcanza a expandirse. Vemos los astros, las rotaciones y libraciones. Esa es la fotografía definitiva que nos queda. El resto lo desconocemos. La pantalla se va a negro.

ÚLTIMAS PIEDRAS

No nos dimos cuenta de las piedras que caían. Ella grito o hizo un gesto brusco, pero apenas intentó moverse la roca ya mordía sus dientes. Algo se quebró entonces, un hilo se cortó más allá del estrepitoso impacto del pedrusco en su boca. Quisimos correr, pero las piernas se nos quedaron atrás, atrapadas entre los peñascazos. Nos vigilaban desde una posición panorámica y por eso las rocas seguían cayendo. Ella y sus gritos y sus muñecas de piedras. Ellos y las casas y los ojos detrás de los marcos.

Fue la última vez que visité el pueblo, aquel balneario solitario que solo cobraba vida en verano.

Mis padres sabían lo que yo hacía o dejaba de hacer cuando estábamos allí. No les importaba que me juntara o no con ella. Para ellos el mar y el pueblo completo, incluidos sus habitantes, proyectaban una sensación de pacífica calma. El tema grave era otro, pero lo descubrí recién ahora, años después de la huida.

Con ella no era difícil entablar conversaciones. Alguna vez nos topamos por accidente y desde entonces comenzamos a frecuentarnos cada vez que viajaba al pueblo. Así, por azar, fue que nos conocimos. Después solíamos reunirnos en las rocas, a solas. Allí inventábamos juegos que intentábamos no repetir. Pasábamos todas las vacaciones juntos. Ella vivía en el pueblo y decía esperar con ansias los primeros días de enero. Tenía pocos amigos lugareños porque casi todos eran mayores. Yo no podía entender cómo ella vivía tan sola. Para mí esa era una vida triste, pero ella me decía que la vida triste era la mía, porque no tenía ni el mar ni la playa. A veces me quedaba pensando en eso sin saber lo que significaba vivir todo el tiempo cerca del mar. En ocasiones, incluso llegaba a comprenderla. Imaginaba una vida tranquila lejos de la ciudad, donde vivía el resto del año junto a mis padres. Pero esas ideas eran confusas e hiperventiladas, carentes de sentido, provistas de escasa imaginación.

Mis padres construyeron nuestra casa de veraneo a las orillas de un acantilado, con la fachada orientada directamente hacia el mar. Nuestros tíos, quienes nos acompañaban de vez en cuando para descansar de la ciudad, consideraban que la vista era privilegiada. Una casa preciosa, repetían. Mi madre, quien la diseñó por completo, sonreía con falsa modestia señalando que no era para tanto, que pudo haber invertido más tiempo en proyectar un espacio más luminoso, mejor equilibrado. Pero mi padre y yo sabíamos que en el fondo le encantaba. Urbanista él, decía que el pueblo entero podría ser así, que era solo cuestión de visión y emprendimiento. Yo escuchaba estos diálogos sin entender mucho. Cuando me hablaban de esas cosas las ideas me anestesiaban la cabeza, la conciencia huía a cualquier lado. Veía las rocas que estaban más allá de los ventanales de la casa y ahí me perdía, donde las olas rompían a lo lejos. Hacia esos lados escapaban mis pensamientos, mis ideas.

La conocí durante mi primera visita al balneario. No pasó mucho hasta que comenzó a contarme historias. Me dijo que los padres de sus bisabuelos habían fundado el pueblo, pero no estaba segura qué tan cierto era eso. Lo escuchó de la boca de un pescador viejo, alguno no tan borracho que rondaba por la playa. Los padres de mi amiga estaban muertos o desaparecidos. Nunca los conoció. Vivió desde siempre con su abuela, pero jamás le entregó ninguna pista: no tuvo cómo corroborar los dichos del pescador. Era su abuela quien le instruía cómo cocinar y cocer, lavar ropa, trapear pisos y colgarse de la luz o robar el agua. Para aprender el resto de las cosas iba al colegio del pueblo, una escuelita donde unos pocos niños de distintas edades eran instruidos a la vez, todos juntos, en un mismo nivel. También me enseñó dónde se encontraba su casa, en la parte antigua del pueblo. Con el índice derecho apuntó el lugar a la distancia. Estaba ubicada alrededor de varias casas más, un montón de chozas pegadas las unas a las otras sin una lógica definida. Parecía una arquitectura en masa o bloque que daba la impresión de estar a punto de caerse a pedazos frente al mar, amenazada constantemente por el movimiento de las olas. La casa de mis padres, al contrario, estaba construida en un sector favorable, a suficiente distancia de la rompiente como para que ninguna ola pudiera alcanzarla jamás. Esto lo cuento ahora como si antes lo hubiese tenido claro, pero no es así. Era poco o nada lo que sabía entonces.

Nos gustaba quitarnos los zapatos, que el mar mojara nuestros pies. Yo tenía once años y ella nueve. En nuestros juegos, intercambiábamos roles ficticios dentro de fortalezas imaginarias y castillos de mentira construidos con arena y piedras. Alternábamos personajes y esquemas que improvisábamos en la orilla del océano. Ella me relataba las cosas que hacía cuando los turistas se iban. Me decía que el pueblo quedaba solo, abandonado. Su pasatiempo favorito era recorrer los jardines de los hogares vacíos, aunque nunca se metía dentro de las casas. El propósito era otro: correr sobre el pasto, esquivando las ramas de los árboles y saltando entre arbustos. En el pueblo no había plantaciones ni nada. La tierra era seca o muy salada. Las áreas verdes se veían únicamente en las residencias de los turistas. A su abuela no le gustaba que se metiera en esos jardines. Ella me dijo que más de alguna vez fue castigada. Su abuela la golpeaba con hebilla y correa, leña y ollas. Tuvo que ingeniarse alguna manera de escabullirse a casas ajenas en secreto. Intentó faltar al colegio, con éxito al principio, pero eventualmente sus inasistencias se hicieron públicas. Un vecino la acusó con otro y así la noticia llegó a oídos de su abuela. Entonces el castigo fue peor. Ella sola se exilió de los jardines de manera permanente.

A partir de cierto momento, mis padres comenzaron a fotografiar los alrededores y a medir los kilómetros que separaban la playa del pueblo. Los veía ir y venir con planos y maquetas. Anotaban cosas que yo no sabía leer: largas cifras de números que no lograba pronunciar de lo abultados que eran, palabras extrañas que yo desconocía. Comenzamos a viajar con mayor frecuencia al balneario. Yo me alegraba porque podía descubrir nuevos rincones del lugar y ver más seguido a mi amiga. Fue en esos días cuando me invitó a su casa. Consistía en un cuarto oscuro de madera negra, casi podrida. Olía mal, a humedad y mugre. Me dijo que su abuela no estaba, que solo por eso me dejaba entrar. Me mostró unos cuadernos con dibujos del mar y una libreta que utilizaba como diario de vida. Después bajamos a las rocas que estaban frente a la playa. Allí depositó sobre mis manos una caja de plástico que mantenía escondida, enterrada en la arena. Para que mi abuela no la pille, me dijo. En su interior había rocas de distintos tamaños. Todas pulidas, lisas y brillantes. Las hice yo misma, dijo. Debajo de las rocas había trozos de género rojo con agujeros al centro. Espera a que se los ponga, continuó. Luego tomó la roca más delgada y la roca más gruesa. Con la más delgada comenzó a expandir apenas el diámetro interno de la tela, de modo que después la roca más gruesa se ajustaba al género sin que éste aflojara. Mencionó un nombre femenino que no recuerdo. El nombre designaba a la roca. La roca era la muñeca. El género el vestido.

Cuando guardó las piedras la abuela ya había llegado. Cubrió con arena la caja y se marchó sin despedirse. Yo hice lo mismo. Estando en casa le hablé a mis padres de las cosas que había visto. Dije que cierta muchacha del pueblo hacía sus propios juguetes con las piedras del lugar. Ellos me hablaron de romances prematuros y otras cosas que no me interesaban, pero que ellos creían oportunas. Ninguna relación tenía lo que decían con las muñecas de piedra y las chozas. No es que no entendieran o no les interesara. Estaban inmersos en otros asuntos. Discutían sobre la reunión que tendrían con los pobladores. Yo escuchaba las palabras «escritura», «terreno», «madera». Mi madre extendía sobre la mesa papeles que mi padre analizaba con atención y cuidado. Con un lápiz rojo trazaba algunas líneas sobre el plano. Mi madre me acariciaba la espalda, pero no me miraba. No estaba concentrada en sus caricias, sino en lo que mi padre escribía en esos papeles. Más palabras: «alumbrado», «desalojo», «alcantarillado».

Partimos hacia la ciudad por última vez. En la madrugada me dirigí a las chozas. Todas tenían ventanas sin vidrio, marcos de madera cerrados por trozos de nylon trasparente que miraban al mar. Esperé sobre las rocas contemplando el horizonte. La marea rompía con fuerza, terriblemente ruidosa. Después de algunas horas ella bajó al encuentro. Me saludó con un ojo morado y el labio partido, hinchado de tanto dolor. Mi abuela, dijo. Solidaricé con ella poniendo cara de pena. En su defensa, se excusó replicando que su abuela no era mala. Que ambas se querían, y mucho. Le prometí entonces, no sé por qué, que le traería algo cuando regresara de la ciudad. Ella negó con la cabeza girada hacia su casa. Mejor no, dijo.

En la ciudad mis padres contactaron a conocidos y amigos cercanos. Hubo reuniones en casas a las que no me habían llevado antes. Durante esos tiempos muertos espié distintas habitaciones. Vi los mismos papeles con signos extraños que había visto tiempo atrás, solo que desparramados sobre camas y alfombras de familias que apenas conocía. Un día en mi casa abrí el armario de mi madre, pensando en hallar un regalo. Deseaba encontrar una muñeca de trapo. No descubrí nada similar. Tomé algunos paños que me parecieron atractivos y que mi madre ya no usaba. Yo ya no tenía peluches ni muñecos para regalar. Mis padres se opusieron a comprarme juguetes después de cumplir once años: solo a la fuerza se crece, me explicaron. Decidí armar con hilo y aguja algo que pudiera pasar por un muñeco. Mi madre no se dio cuenta de las cosas que saqué para construirlo. Los días pasaron rápido. Permanecimos poco más de tres semanas en la ciudad. De un instante a otro partimos de nuevo rumbo al pueblo. Mientras viajábamos observaba con atención el muñeco que había creado: un monstruo. Sus proporciones desfiguradas me recordaban esa contenida expresión de horror que vi en la cara moreteada de mi amiga. Una burla, pensé. Lo arrojé por la ventana del automóvil y lo vi ennegrecerse por los atropellos de los vehículos que venían detrás. Después llegamos a la playa, donde nos esperaban.

Las llamas aún no eran reconocibles. Algún residente se enteró de ciertas cosas. Actuaron rápido. Mis padres detuvieron el automóvil mucho antes de aproximarse al fuego. Un fulgor intenso devoraba nuestra casa. Nadie nos había visto aún, pero el rumor de una marcha avanzaba como la réplica de un temblor. Bajé del automóvil sin escuchar lo que mis padres señalaban. Corrí rumbo a las chozas para explicarle a ella eso que no entendía, de lo cual solo conocía pistas. La encontré junto a la caja, jugando con sus muñecas de piedras. Algo chillé que la hizo arrebatarse. Tenemos que irnos, dije. Contestó diciendo que tanto ella como su abuela nos odiaban, a mis padres y a mí, porque íbamos a barrer con todo. Yo no entendía de qué hablaba. Pensaba únicamente en escapar del pueblo y del fuego. Una nube gris alcanzó la costa. La humareda era insoslayable. Fue entonces cuando ella comenzó a gritar. Las ampolletas al interior de las chozas se iluminaron casi todas juntas, al unísono. Las muñecas de piedras cayeron al suelo en cuanto se escuchó primero un crujido, después una explosión. No nos dimos cuenta de las piedras que caían. Ella gritó e hizo un gesto brusco. Apenas intentó moverse cuando la roca ya mordía sus dientes. Arriba, su abuela mirándonos con ira. Mis padres y yo, culpables. También ella. La traición, indiscutible a ojos de la anciana. El resto de los pobladores lanzaba sus piedras desde el interior de las casas. Mis padres estarían calcinados ya, nunca supe el orden de los hechos. Ella y sus gritos y sus muñecas de piedras.

Ellos y las casas y los ojos detrás de los marcos. Un pueblo que se nos venía encima.

Otros sacramentos

Partieron sigilosos, escondidos bajo la techumbre de las sombras. Luego avanzaron a paso firme, con algo más de ritmo, persiguiendo las huellas del Mago. El viento galopaba cortando los volúmenes de la noche: el avance rítmico de las piernas, la trama sudorosa de las manos, las hojas revoltosas sobre la tierra, los hombros retraídos por la bruma. Cada centímetro de penumbra involucraba tiempo valioso: las pisadas en falso, cuatro minutos; los pasos desandados tras el arrepentimiento, quince, dieciséis minutos menos. Pese a ello, aún quedaban dos horas para ir y volver.

Con suerte, sus padres no descubrirían la estrategia infantil del escape, los bultos de ropa bajo las colchas de las camas vacías, las ventanas apenas trancadas con un pedazo de cartón para impedir el cierre y asegurar el reingreso. Emprendían una caminata larga y enrevesada, plagada de zigzags. Faltaba cruzar el bosque de espinos y subir la colina para recién divisar la punta del morro. Después era cosa de caminar unos cuantos metros hacia el sur. Si seguían así, calculaban, llegarían antes de las doce. Aunque ambos temían, la fantasía de la roca abierta impulsaba su trayecto, los orientaba. Las cosas debían acontecer como los otros niños decían: a las doce en punto, justo en luna llena, la roca de la campana soltará sus demonios. El desafío era encontrar la grieta, cierto recodo, quizá un agujero o alguna geometría irregular que sobresaliera de la superficie casi totalmente llana de la campana.

Escucharon que esa era la entrada y la puerta de las bestias. Debían ir preparados, instrumentos y esperanzas en mano, porque el Mago aparecía solo después de los males, y a los males solo se los espanta con rezos y velas. Por eso apretaban las cuentas plásticas del rosario con tanta fuerza. Confiaban que bastaría con repetir el padre nuestro, no hacía falta ningún otro conjuro, ninguna maldición en lenguas muertas. Si resistían, el Mago cumpliría sus deseos: adiós al fierro en la espalda y al agua fría punzante, ya no más ir de pesca entre la brisa cruenta de la madrugada.

El Mayor iba pendiente de la ruta y revisaba de vez en cuando el reloj gastado que usaba en la muñeca izquierda. Las manecillas de plástico señalaban un par de minutos extra. Caminaban a favor del tiempo. El Menor intentaba igualar su ritmo, aunque, por la diferencia de edad y estatura, debía dar dos pasos para avanzar lo que su hermano alcanzaba en uno. El pueblo ya había quedado atrás cuando las ráfagas aumentaron en vigor. El camino se curvó bajo una explanada de noche muerta: susurros inteligibles de una profecía en desarrollo. Cruzaron el bosque con apremio y sospecha, encadenando sus brazos al tiempo que intentaban pasar desapercibidos. Pensaban: si nos va bien, si vemos al Mago, nos iremos de casa, tendremos una pieza nueva, dormiremos en otras camas. Al poco rato bajaron la colina arrastrados por la inercia de la pendiente. Esferas de aire embistieron en su contra. Casi corriendo, casi sin aliento, por fin estuvieron frente a la campana.

Admiraron la forma cuidada y definida del peñasco: seis metros de alto y otros cuatro metros de diámetro. La cúspide era notoriamente más angosta que la base, de ahí el nombre que recibió por los aldeanos. El macizo fijaba un cono perfectamente pulido en medio del terreno: una planicie iluminada por la nitidez del cielo y los astros que centelleaban a lo lejos. Al principio, los hermanos no supieron dónde comenzar la búsqueda. Las versiones del relato eran múltiples, incompletas. No existía un protocolo o una metodología clara. Sus amigos aseguraban haber visto un espectro, una figura maligna con patas de carnero. Los niños de otro barrio, sin embargo, juraban haber escuchado aullidos de todo tipo, agudos y graves, emergiendo de la tierra. Las historias auguraban que la roca se abriría y escupiría su misterio. En algún momento, tras hallar el punto exacto, el infierno quebrajaría la estructura para hacerse un lugar en la tierra.

Comenzaron por lo más obvio: palpando la campana a medida que rondaban una y otra vez su perímetro. Algunas veces creían tocar algo inusual, un potencial acceso, pero más pronto que tarde descubrían que se trataba de una ilusión generada por la textura monótona y regular. Entonces dispusieron las cuatro velas en los puntos cardinales. Las llamas tintineaban y apenas se mantenían en pie tras resistir los remezones del viento. Rezaron en aquel escenario, repitieron una y otra vez el padre nuestro. Rostros a contraluz, cielo infinito negro escarchado, todo teñido de índigo. Después, al descubrir una textura rocosa limitadamente escalable, emprendieron el ascenso. El Mayor iba marcando los puntos de apoyo para que el Menor lo imitara. La roca casi lisa no era fácil de conquistar. De vez en cuando los hermanos se sentían a punto de caer, ideaban cesar, pero ya estaban a medio camino y tanto el orgullo como la ambición impedían volver atrás. Así, determinados, alcanzaron el punto más alto. Desde allí vieron las siluetas improbables que se proyectaban en la piedra: nostalgias, demonios, memorias, anhelos. El Mayor tocó las cicatrices recientes de su brazo: redes de pesca y anzuelo. Si salía bien, ni él ni el Menor volverían a trabajar y dejarían de sufrir los golpes y regaños. Imaginaban un efecto mágico sin precedente, instantáneo, un abrir y cerrar de ojos, un despertar en otra parte, en otro país, con diferentes ropas. Fantaseaban con esa realidad, con esa idea de lo posible. De pronto, de un soplido se apagaron todas las velas. Entonces el reloj comenzó a sonar entre la penumbra de la medianoche. Ya era hora.

El Menor corrió sin girar la vista. Años más tarde declararía haber visto un millón de calaveras brillantes emerger de un portal intergaláctico. Años después describiría con precisión de qué modo la piedra se partió para arremeter contra su hermano. No tuvieron tiempo de reaccionar, y cuando se dieron cuenta ya fue tarde. Perdieron el equilibrio al ser empujados por una ráfaga. Mientras caían, el silencio circundante se quebró con el crujido de una roca punzante. Como de la nada, una cornisa apareció en la campana. Si no hubiese atravesado su carne, el Mayor habría pensado que esa era la entrada: la puerta hacia las tinieblas. Las rocas del suelo absorbieron su sangre alimentando un fango oscuro. El Menor estaba lejos, incapaz de testificar suceso alguno. Boca arriba, el Mayor entrevió una red de luces refractadas apoderándose del cielo. Pronto pasarían los males, pensó, y sería rescatado por el Mago. Pero, antes del fin, las voces nocturnas configuraron un perfil diferente, un rostro de hilos luminosos y pasto escarchado.

¿Quieres verme?, susurró la voz.

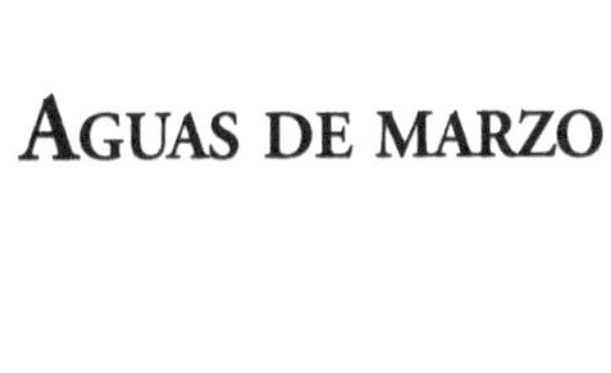

AGUAS DE MARZO

Su espalda cuelga holgada mientras sus rollos delanteros vibran al compás de las olas. Son dos, tres, cuatro rollos de estómago, inflamado de fritura y piel lacerada, oscurecida, agotada de tanto sol y sal. La hermana del Gordo vigila el perímetro que representa su espacio. La Flaca, el Largo y el resto de los pueblerinos también hacen lo suyo. Todos cobijan su lugar en el tablero de batalla: siete locatarios a la izquierda, nueve turistas a la derecha. Los bandos coordinan sus movimientos para hacer subir y bajar la balsa, apenas separados por la hipotenusa que delinean sus cuerpos.

Distancian las piernas y elevan los brazos a la altura de los hombros, articulan un velero, un triángulo, cierta postura que les resulta dinámica e incluso físicamente pertinente: un poco más de peso por aquí, un poco más de impulso por allá. En las esquinas parece no quedar espacio, y, pese a ello, todavía podrían subir otros tres, cuatro, tal vez cinco refuerzos. Pero la Pecosa y la del Bikini Rosado bloquean el paso. La escalera quedó en su lado de la balsa, gozan esa ventaja. Por eso se mantienen fijas, ancladas, y resisten los choques, el vaivén, los escupitajos y el griterío del Gordo y los pueblerinos. Nunca bajan la guardia, ni por un segundo: que no suban más, que se caigan los que ya están arriba. El rectángulo de madera roja va y viene, sus vértices crujen, los flotadores que sostiene el entablado salen y entran al mar.

¡Plash, plash!

Hay quince, catorce niños en la balsa.

En el fondo del océano circulan peces multiformes. Algunos actúan como presas, otros como cazadores, pero la mayoría como piezas de una pintura en movimiento. Arriba, sobrevolando, las gaviotas voltean el pico hacia un manto azul profundo interrumpido por siluetas en escala de grises. Epidermis con variaciones de brillo y tono, manchas policromadas lanzadas sobre un cuadrilátero rojo intenso, rojo pleito, rojo balsa. Allí, unos manotazos traspasan la línea fronteriza de los equipos. Las piernas se trenzan y dos rubios pierden el equilibrio: *¡Plash, plash!* Hay trece, doce niños en la balsa.

Veinte metros atrás, en la costa, un tabique compacto de roca filosa hace de frontera entre el hotel y las casas. A la izquierda: roca esculpida y geología domada, cabañas para turistas, arena fina, posos artificiales de agua dulce. A la derecha: geografía abrupta y chozas que parecen derretirse sobre los volúmenes agrestes, familias de pescadores y jardineros, individuos de pieles gruesas y manos curtidas. El Gordo y sus amigos partieron desde esa ladera. Sabían que la piscina, la arena y las reposeras no admiten visita. El paso está prohibido: recinto privado. Por eso tomaron la ruta larga y nadaron desde allí hacia la balsa.

Hoy subieron con algo de retraso. Por lo general, los turistas arriban después de comer, al mediodía.

De ahí que los pueblerinos intentaran llegar un cuarto de hora antes: para evitar problemas. Pero los huéspedes del hotel solo necesitan un piquero y un par de brazadas para avanzar desde el muelle hasta la balsa. Tres minutos y ya están arriba de las tablas. Esta vez el Gordo se acercó con su tropa a la escalera. La Flaca intentó ascender una mano, después la otra, pero al momento de alcanzar el tercer peldaño sintió un golpe en las manos. La Pecosa ya estaba instalada. Aquí no pueden subir, dijo mientras pisoteaba los dedos aferrados a los escalones, es nuestra balsa. Los lugareños desistieron y bordearon el cuadrilátero en busca de un margen sin vigilia. A puro impulso de brazo, comenzaron a poblar el espacio.

Los del hotel armaron muecas de hastío y desagrado. Miraron al Gordo y se rascaron el cuerpo, pelo y cara. Repitieron: no tienen por qué estar aquí. Gritaron: ¡abajo, focas! Los pueblerinos exclamaron que el mar no tiene dueño y que sus familias han vivido allí toda la vida: nosotros estamos en el mar el año entero, no nos vamos cuando termina el verano. La del Bikini, por su parte, se quejó del mal olor, la falta de espacio:

cómo es posible que este lugar esté tan lleno si mi papá paga mucho y ustedes nada. Uno de los amarillos zarandeó a la Flaca. Dijo: si no se van, tenemos que echarlos. Enfatizó: a mí me falta sol y a ustedes les sobra. La Flaca cayó al unísono de un estruendo, la rodilla incrustada de astillas, el cuerpo deslizándose por el tablero de una esquina a otra, un pequeño corte, algo de sangre que se mezcló y confundió con el otro rojo, el rojo balsa. Un turista situado entremedio del tumulto, una secuencia de gestos que parecen coreografiados, comandados, instruidos; un impulso frenético de manos contra espaldas, piernas contra caderas; la Flaca apenas afirmada a las tablas y el turista abajo, precipitado, sus uñas incrustadas en los nudos de la madera. Al rato, la balsa iba de un lado a otro, arriba y abajo, *¡Plash!* Las primeras caídas, ambos afuera.

El Largo se mantuvo al margen del conflicto. Consideraba lucir un tono medio, no tan marcado. Quizá los efectos del bloqueador solar, quizá una moción pacificadora. Por eso fluctuaba entre apoyar a los suyos o unirse a los turistas. Dudaba ante un horizonte repleto de pelícanos y cormoranes. Y mientras titubeaba, un gargajo cayó en sus ojos. Había algo más allí, una diferencia intensificada no solo por el color, sino también por la calidad de los trajes de baños, estatura, dialecto. El Largo tragó saliva y se sacudió la baba pegajosa de las pestañas. Recordó que no son más de lo que son; que no tienen pelos en la lengua; que hablan como piensan, como quieren; que pasan el día entero zambullidos en el mar y la piel se les arruga y enfría; que se lanzan sobre las piedras lisas y calientes de la orilla; que inventan competencias y juegos, como aplastar y descuartizar cientos de cangrejos, molestar a las estrellas de mar y cortar sus miembros para ver si crecen; que meten los pies en el agua y quedan hipnotizados con el ímpetu de las marejadas; que a veces nadan sin rumbo; que a veces llegan a la balsa.

Atrás, a modo de escenografía, yace el hotel con sus hamacas y arena blanca, pero también la historia de las pieles, de un sector a la vez empobrecido y enriquecido por el turismo, vidas al margen contenidas por el centro. Este paisaje es un vehículo que alimenta memorias generacionales, crónicas geográficas, recuerdos unidos mediante un hilván que teje sucesos análogos, resonancias que viajan y vuelven del pasado al presente: una playa que sobrevive solo de enero a marzo; la construcción del hotel y el éxodo de los locatarios; la expropiación; la venta de drogas, empanadas y camarones; una población sin fuentes de ingreso; la fundación del pueblo y sus linajes; el genocidio; el descubrimiento de esta costa; la invención de la raza, del otro; la utopía del continente, del paisaje, siempre el paisaje.

Ya quedan once, pero se aproximan refuerzos: amigos del barrio y compañeros de escuela. Notaron las sacudidas a lo lejos, el bullicio. Entraron al mar sin pensarlo. Avanzan a la velocidad que pueden, los ojos inflamados de ira. Los rubios no han cesado, incluso parecen emocionados por el juego. Ahora el entablado es resbaloso, las piernas escurridizas. Los tropezones incrementan al mismo tiempo que las ondas concéntricas se abren hacia los extremos, hasta diluirse en el oleaje. La del Bikini permanece aferrada a la escalera. La Pecosa está de pie y apunta los rollos del Gordo. Una carcajada simultánea, un coro de voces agrias enriquece la cualidad cinematográfica de la escena. Un remezón de viento interrumpe las burlas. Desde arriba las gaviotas descienden en picada, atraviesan la primera capa de océano. El sonido es sincrónico a una patada certera que cruza la línea. El Largo cae tambaleando, *¡Plash!* Hay diez niños en la balsa.

La Pecosa aprovecha el momento y empuja al Gordo. Si bien no consigue arrojarlo al mar, el Gordo abate de espaldas en el centro de la balsa. Un cielo celeste, salpicado de algunas nubes: es lo que alcanza a observar antes de pararse. Fue la del Bikini quien señaló lo del traje de baño. Alzó su dedo índice y mantuvo su mano recta. Los demás imitaron el gesto. El Gordo se dio cuenta solo un par de minutos después, cuando ya no tenía control de sus brazos. El bañador rajado, el culo al aire. Seguro que escuchó alguna de las mofas. Su hermana se acercó a uno de los rubios, puño derecho levantado. Entregó un par de golpes al aire, ninguno certero. Después fue incapaz de recuperar el equilibrio, *¡Plash!* Hay nueve niños en la balsa. Su hermano, el

Gordo, divagaba entre el mareo del impacto, la rabia y venganza. Era cuestión de minutos y ya terminaban. Con el impulso de su peso y toda su grandeza, el cuello de la Pecosa no parecía tan fuerte entre sus manos. Cómo es posible que tanta queja saliera de una carne tan blanda. El temblor se apaciguó sobre la balsa y un rubio se alzó, desesperado, encima del Gordo. Ahora son dos rubios, pero ni siquiera entre ambos consiguen apartar sus manos del cuello. Las pupilas de la Pecosa crecen hacia el cielo, atraviesan las densidades atmosféricas y se disipan. Los refuerzos no llegan; se paralizan a mitad de nado.

Los rubios, tras mucho ajetreo, lograron retirar al Gordo y en el proceso, la Pecosa también patina. Ambos cuerpos fluyen, chorrean, se hacen agua. La Pecosa se sostiene inútilmente a la cornisa de una tabla, pero la madera no puede contra la gravedad. Se desgaja el movimiento, concluye definitivamente el vaivén de la balsa y el mar. Una erupción de burbujas emerge desde lo profundo, ahora viene la espera, el azul cobalto.

Las gaviotas sobrevuelan y colisionan en la superficie. Zambullen cabeza, alas, plumas. Una vez conquistan, emergen el pico arriba y reposan. Devoran su presa acuática desde las rocas, todo de un bocado. Luego desaceleran, yerguen el cuello y contemplan. El sol atraviesa ondas de calor cristalinas que dibujan líneas flotando en el aire. En un par de semanas el verano termina. El pueblo hibernará, se replegará sobre sus ausencias. Si los oriundos alcanzan a recaudar lo suficiente, podrán vivir tranquilos el resto del año. De momento, continúan las fogatas nocturnas, las piedras que queman, los peces que devoran peces en el fondo del mar. También lunas llenas, amaneceres nublados y las últimas aguas cálidas de esta fecha.